笠間ライブラリー
梅光学院大学公開講座論集
55

戦後文学を読む

佐藤泰正【編】

笠間書院

戦後文学を読む

目次

目次

戦後文学を読む

敗戦文学論

桶谷秀昭

一

一九四五年八月一五日以降の日本の精神状況において、黙視できないことは、その歴史的社会的現実にかかはる認識に用ひられる概念に、奇妙な捩れないし倒錯があるといふ現象である。人々はそれに気がついてゐないわけではないにもかかはらず、みてみない振りをする思考習慣を身につけてゐるやうに思はれる。

この習慣化した捩れないし倒錯は、およそ半世紀のあひだ持続し、ほとんど通念と化してゐる。そのために、私は、それが日本人の第二の天性ではないかといふデスパレエトな衝撃に、ときに襲はれることがある。

一九四五年八月一五日において、中国大陸と南西太平洋諸島における苛烈な戦闘が、日本軍の無条件降伏によつて、をはつた。そして、ポツダム宣言を受諾した日本は、米国をはじめとする聯合国軍隊の進駐による保障占領下に置かれた。

この疑ふ余地のない、あきらかな事実を、大部分の日本人は、今日にいたるまで、「終戦」と「戦後」のはじまりと呼びならはしてゐる。

しかし、言ふまでもなく、事実は、敗戦による戦闘の終結と、聯合国軍隊による占領がはじまつたのである。戦争はをはつてゐない。

一九五一年、九月八日、サンフランシスコで、日本と米英蘭、オーストラリア等主要交戦国、フィリピン、インドネシア等東南アジアの新興諸国、南米諸国、アフリカ諸国、イラン、イラク、シリア、トルコ等中近東諸国、あはせて四十八箇國との間に講和条約の調印式がおこなはれたときに、戦争はをはつたのである。

日本は占領下から脱し、独立国家として主権を回復した。しかし何事も起らなかつた。主権を喪失した占領下の状態がをはり、独立した新日本国家が生まれたのに、何事も起らなかつた。すべては占領下の継続であつた。

これは、あしかけ七年間の占領下で、日本人が腑抜けになつたといふことのみを、意味しない。

講和条約の調印のために、四日間にわたつておこなわれた講和会議は、かつてのポオツマス会議やヴェルサイユ会議のやうに、戦勝国と敗戦国が講和条件を討議する場にならなかつた。米国が主導し、すでに決めてある条約の調印のための儀式にすぎなかつた。すなはち、ルウズベルト大統領の提唱した無条件降伏方式と、これに則つたポツダム宣言から来る当然の帰結であつた。聯合国側が平和条約によつて定めようとする事態を、すでに占領期間中に作りあげてしまつてゐた。いはゆる既成事実をつくつておいた。したがつて、平和条約は、新たな事態をつくりだすといふより、むしろ既にできた事態を確認するものにほかならなかつた。

かくして生じた「戦後」は、占領下の延長にほかならなかつた。

講和条約が日本人の大多数の意識において、戦争状態の終結と国家の主権回復のはじまりではなく、占領体制の継続であつた理由がここにある。

2

戦争や大規模な天災の後に、人心の不安、動揺に根ざす文学の新傾向があらはれる。たとへば、日露戦後の自然主義小説や、関東大震災後の新感覚派小説などがそれである。

それらの新傾向の文学は、発想と文体と聯想において、何か異様なものを秘めてゐたり、それを誇示したりした。創造は、昨日と今日の間の深い亀裂に強ひられて、歪み、破壊とみわけつきがたかつた。

それら過去の歴史的体験と重なりながら、一九四〇年代後半の「戦後文学」と呼ばれるものは、敗戦と外国軍隊による占領といふ、未曾有の現実から生まれた。

「戦後文学」は、したがつて、戦争後の文学一般とはちがふ性質を帯びてゐるはずであつた。しかし、そこに、国破れて、山河ありといふ亡国の悲しみを、聴くことはできなかつた。そのかはりに、対象も由来もさだかでない憎悪と嫌悪と絶望が、大きい身振りによつて、亡国の悲哀を蔽つてゐた。

GHQと呼ばれる占領軍総司部による言論報導の検閲がおこなはれてゐた。ポツダム宣言において、言論の自由は保障される、とうたつてゐながら、実際には、戦時下の大日本帝国の検閲よりも過酷な検閲がおこなはれた。それは事前検閲であり、旧日本がおこなつた伏字すらも許さないといふ徹底したものであつた。検閲がおこなはれてゐることも明らかにしないのである。したがつて、伏字といふ検閲の痕跡すらのこさない、つまり「空地」を認めないのである。その実例は、のちに太宰治、中野重治の蒙つたむざんな文脈の破壊によつて示すはずである。

椎名麟三といふ新らしい作家の小説『深夜の酒宴』(「展望」一九四七年二月)は、米国の無差別爆撃によつて廃墟と化した東京の下町の焼け跡に生きる人間のどん底のくらしを背景にしてゐる。作者は、貧困が人の暮しの具体において、何をもたらすかを、体験から知りつくしてゐるやうに思はれる。昭和初年のプロレタリア小説が好んで描いた下層庶民の生活の描写につきまとふイデオロギイの観念臭をもたない。

その代りに、悲惨な生活の描写の中に、「まるで全世界の人々の非難を一身に負うてゐるやう」な、とか、「永劫の前に立たされたやうな憂愁」といつたやうな、何か意味ありげな、形而上的な観念がばら撒かれてゐる。

主人公で語り手である「僕」は、焼けのこつた倉庫に住む人間らが、「深い絶望を与へる」といふ。

「僕には思ひ出もない。輝かしい希望もない。ただ現在が堪へがたいだけである。現在が堪へがたいからと云つて、希望のない者には改善など思ひがけないことだ。一体何をどう改善するのか。欲望といふ奴は常に現実の後から来る癖に、影だけは僕たちの前に落ちてゐるので、その影にだまされて死ぬまで走りつづけるやうな大儀なことはしたくないだけなのである。だから僕をニヒリストだと思はれるのは至極道理だ。だが僕の世界中で一番きらひなものはこのニヒリストいふ奴なのである。」

椎名麟三は昭和改元の年に姫路中学三年を中退し、家出をした。八百屋の定員、飲食店の出前持ちなどを転々としながら、独学で専検を取り、宇治川電鉄の乗務員になり、日本共産党に入つた。昭和六年の共産党一斉検挙により逮捕され、あしかけ三年の獄中性格ののち転向出獄した。この体験がものを考へる契機となり、ニイチエ、キルケゴオル、ドストエフスキイの読書遍歴から、小説を書きはじめた。

『深夜の酒宴』の発想法は寓意（アレゴリイ）であるかもしれぬ。作者の抱く思想や観念の道具として人間を描くといふ方法である。この方法は、描かれた人物が、発話と起居振舞ひにおいて、いちじるしく不自然であるとき、小説として失敗である。けれども爆撃による廃墟を舞台とし、餓死寸前の空腹状態にあつて、右横左横する人間らが、敗戦日本の現実であるときに、不自然といふ欠点は、時代の状況を写す現実性として容認される。

主人公はかつて共産主義者であつたが、いまはそれを捨てた。では何に転向したのかとアパアトの住人にきかれると、「僕は思想といふものは愚にもつかぬものだと云ったぢやありませんか！（中略）全く思想なんか豚にくはれてしまへだ。思想なんかせいぜい便所の落し紙になるくらゐなもんだ」と激昂していふ。しかしデモクラシイに反対しないのは、これが定義できない思想だからで、つまり「自由」だからだ。

ここで、しばらく立ちどまつて、主人公が吐き捨てるやうに言つた。冗談のやうなせりふに注目せざるをえない。

作者と等身大と思はれる主人公は、あらゆる思想は便所の落し紙くらゐのものだ、と断言したあとで、「デモクラシイ」といふ定義できない思想には反対しない。それは「自由」だからだといふ。一九四五年八月一五日の、敗戦の瞬間に多くの日本人の心をおそつたあの一瞬の静寂、名もなく形もなく、どんな観念組織の形もなく、そこにおいて一切が生成し、またほろびる心の場所、その場所の記憶の上を、進駐軍といふ異国軍隊の占領が捲きあげる濛々たる砂塵が蔽ひ埋めつくした。

その砂塵には「民主化」と「自由」といふ名分がついてゐた。それは、ポツダム宣言第十項の降伏条件に由来してゐた。

「吾等は日本人を民族として奴隷化せんとし又は国民として滅亡せしめんとするの意図を有するものに非ざるも、吾等の俘虜を虐待せる者を含む一切の戦争犯罪人に対しては厳重なる処罰加へらるべし。日本国政府は日本国民の間に於ける民主主義的傾向の復活強化に対する一切の障礙を除去すべし。言論、宗教及思想の自由並に基本的人権の尊重は確立せらるべし。」（傍点、引用者）

占領は間接統治であり、「民主化」と「自由」を実現するのは日本国政府である。そこから占領は「解放」にほかならないといふ考へ方が生まれた。大日本帝国末期の物心ともに不自由きはまる抑圧からの解放感が、焦土にぼろを着て生き残った日本人をおそった。

解放感に乗つて、抑圧されてきた憤激と、絶望が、「民主化」と「自由」の名分を借りて噴出した。それが占領が捲きあげる砂塵の因となり果となつた。

「一つの国、一つの国民が終戦時の日本人ほど徹底的に屈伏したことは、歴史上に前例をみない。（中略）幾世紀もの間、不滅のものとして守られてきた日本的生き方に対する日本人の信念が、完全敗北の苦しみのうちに根こそぎくずれ去つたのである。」（占領軍最高司令官ダグラス・マックアーサー『回想記』）

右の言葉が本当だとしても、その「徹底的な屈伏」は、八月十五日のあのしいんとした静かな瞬間から生まれたのではないといふただ一つのことはいはなくてはならぬ。

3

敗戦の年があらたまつた一九四六年、正月に昭和天皇の「人間宣言」が発布され、四月に新憲法草案が発布される前後に、河上徹太郎は書いた。

「国民の心を、名も形もなく、ただ在り場所をはつきり抑へねばならない。幸ひ我々はその瞬間を持つた。それは、八月一五日の御放送の直後の、あのシーンとした国民の心の一瞬である。理窟をいひ出したのは十六日以後である。あの一瞬の静寂に間違ひなかつた。又、あの一瞬の如き瞬間を我々民族が曾て持つたか、否、全人類の歴史であれに類する時が幾度あつたか、私は尋ねたい。御望みなら私はあれを国民の天皇への帰属の例証として挙げようとすら決していはぬ。ただ国民の心といふものが紛れもなくあの一点に凝集されたといふ厳然たる事実を、私は意味深く思ひ起したいのだ。今日既に我々はあの時の気持と何と隔りが出来たことだらう！」

（「ジャーナリズムと国民の心」）

右の文章が発表されるよりおよそ半歳前、すなはち、八月十五日から半月のあひだ、あの日の感覚を反芻し、国家とともに天地山川の崩壊する予感すら冷厳にうちくだいた非情な自然に直面したといふ、内部光景を、伊東静雄は、ひつそりと日記に書かずにはゐられなかつた。

「十五日陛下の御放送を拝した直後。

太陽の光は少しもかはらず、透明に強く田と畑の面と木々とを照し、白い雲は静かに浮び、家々からは炊煙がのぼつてゐる。それなのに、戦は敗れたのだ。何の異変も自然におこらないのが信ぜられない。」

この非情な自然に直面した内部光景と、河上徹太郎の「あの一瞬の静寂」とはおなじものである。おなじ体験であり、おなじ心の在り場所である。否、それだけではない、その瞬間を記憶の構造に組み込んで持続したといふ、生き方の根底において、おなじである。

「厳粛とは、あのやうな感じを言ふのでせうか。私はつつ立つたまま、あたりがもやもやと暗くなり、どこからともなく、つめたい風が吹いて来て、さうして私のからだが自然に地の底へ沈んで行くやうに感じました。

　死なうと思ひました。死ぬのが本当だ、と思ひました。前方の森がいやにひつそりして、漆黒に見えて、そのてつぺんから一むれの小鳥が一つまみの胡麻粒を空中に投げたやうに、音もなく飛び立ちました。」

（『トカトントン』）

太宰治が、この小説を発表したのは、敗戦後二年目、一九四七年の一月号の「群像」である。新年号は旧年の十二月に発売されるから、執筆したのは、一九四六年のおそくとも十一月下旬であらう。

一九四六年は、政治過程としてみるとき、四月に新憲法草案が発表され、日本占領の第一段階は、その目的を達したといへる。この年の十一月十六日、政府は当用漢字表と現代かなづかひを制定し、内閣総理大臣吉田茂の名で告示、公布した。藤原定家にはじまるわが国語の正書法である歴史的かなづかひが、官公廳において廃絶され、新聞ジャアナリズムは、強制を受けないのに、進んで現代かなづかひを採用した。また、旧制高等学校、中学校を廃止し、六・三・三制をもつて教育制度を改変することが予告された。この矢継ぎ早やの改変にたいして、目立つた抵抗はどこにもあらはれなかつた。

明治維新が創設した近代日本国家は、名実ともに消え去つた。言論の上に、新憲法にたいするあげつらひが現れなかつたのは、占領軍の検閲のせゐでもあつた。

「あれ〔新憲法〕が議会に出た朝、それとも前の日だつたか、あの下書きは日本人が書いたものだと連合軍総司令部が発表して新聞に出た。日本の憲法を日本人がつくるのにその下書きは日本人が書いたのだと外国人からわざわざことわつて発表してもらはねばならぬほどなんと恥さらしの自国政府を日本国民が黙認してることだらう。」

といふ一節が検閲によつて削除されて、中野重治『五勺の酒』が発表されたのも、一九四七年一月号「展望」であつた。

占領軍総司令部は、占領政策にたいする一切の批判を封殺する方針に則り、中野重治の、日本政府と日本人の不甲斐なさをあげつらふ表現にことよせた、新憲法の下書きをアメリカ占領軍総司令部の手になる米文和訳憲法であることを暗示する、屈折した文章を、禁圧したのである。

さて、太宰治は、八月十五日正午のあの瞬間を、平凡な郵便局員の主人公に托して描いた。この一節の描写が蕭条とした雰囲気に包まれてゐるのは、作者が敗戦の日を、本州北端の地津軽で迎へたその記憶のせゐであらう。作者は、あの瞬間の記憶を持続して抱いてきたのである。

この非政治的な小説家は、意外なくらゐに何度も、検閲による削除を蒙つてゐる。『冬の花火』の女主人公が、

「ほろんだのよ。滅亡しちやつたのよ。（日本の国の隅から隅まで占領されて、あたしたちは、ひとり残らず捕虜なのに、）……」（括弧の中が検閲で削除）

といふせりふに蒙つた削除部分は、ポツダム宣言第十項に抵触するといふ理由からであらうが、マックアーサーの占領政策は、ワシントンの意向に強ひられてとはいへ、ポツダム宣言に抵触するものであつた。たとへば、『聯合国最高司令官の権限に関するマックアーサー元帥への通達』（一九四五年九月六日）といふ文書が、そのことを露骨にあらはしてゐる。

「一、天皇及び日本政府の国家統治の権限は、聯合国最高司令官としての貴官に従属する。（中略）我々と日本との関係は、契約的基礎の上に立つてゐるのではなく、無条件降伏を基礎とするものである。貴官の権限は、最高であるから、貴官は、その範囲に関しては日本側からのいかなる異論も受けつけてはならない。」（傍点、引用者）

ポツダム宣言第十項にあるやうなイデオロギイ的内容の条件を、占領政策に具体化するとき、その占領は、通例の軍事占領や保障占領のわくを超えた未曾有の占領方式となつた。

ポツダム宣言は、日本軍隊の完全な武装解除を規定してゐるが、日本人の精神の完全な武装解除を主張してゐない。にもかかはらず、占領政策に具体化されると、「我々と日本との関係は、……無条件降伏を基礎とするものである」といふ歪曲がおこなはれた。

『冬の花火』のヒロインは、この歪曲による占領政策の現実を、実感として「あたしたちは、ひとり残らず捕虜なのに」といつたのである。

『トカトントン』の主人公は、八月十五日の、地の底に引き込まれるやうな一瞬の静けさのあとに、不意に、金槌で釘を打つ、ひくい、小刻みの音がきこえた。以後、その陋劣な、凡庸な音の幻聴が、労働者のデモ行進をみても、共産党や社会党の代議士のアジ演説を聞いても、新しくできた憲法の条文を熟読しても、耳に鳴って、何もする気がしなくなるといふ。この、つまらぬ音の幻聴と、あの一瞬の静けさとのあひだには、深い亀裂がある。

太宰治の占領下における反抗精神は、占領軍の検閲とすれすれのところで表現された。『春の枯葉』は、敗戦の悲しみを、「はる、かうろうの花の宴」のメロデーに托して、春の枯葉のやうに季節におくれて、廃残の姿をさらして死んでゆく壮年の男を描いてゐる。彼はいふ。「聖書にこれあり。赦《ゆる》さるる事の少き者は、その愛する事もまた少し。この意味がわかるか。間違ひをした事がないといふ自信を持ってゐる奴に限つて薄情だといふ事さ。罪多き者は、その愛深し。」

一九四八年、梅雨のために水かさの増した玉川上水に入水して、太宰治は死んだ。ジャアナリズムの膨張の中で流行作家となり、原稿に追はれる過重な作家生活と健康の衰へと、生来の破滅に吸ひ寄せられる気質とが、死へ追ひやつたかにみえる。

しかし、八月一五日に彼が聴いたあの静けさと地の底へ吸ひ込まれる感覚と、三年後の死とのあひだには、一本の糸がつながつてゐた。

4

河上徹太郎は『一九四六年』といふ時評文で、政治、経済の「民主化」と、言論、思想の「自由」の裏側に起つたもの、それは「精神的荒廃」と「汚濁」である、と書いてゐる。しかし、それをあたかも局外者のやうに批判するのは欺瞞であり、汚濁の中でしか生きられない日本人が、いかに振舞ふかが問題なのだといつて、ドストエフスキイの『地下室の手記』を思ひだす。

「汚濁と廃墟の中にある現在の我々も亦「地下室の人物」に外ならぬ。我々の「歯痛」は即ち我々の飢ゑである。「二二んが四」は即ちポツダム宣言である。この壁の前に佇んで頭をぶつけようかと考へる。"to be or not to be" が、現在の日本のインテリといふハムレットの正直な台詞でなくてはならぬ。(しかもこの台詞は、少くともジャーナリズムの上では全然聞かれないといふ現状である。) ここで味はふ一杯のお茶が即ち我々の文化なのだが、然しこのお茶は今どこにあるだろうか? お茶のやうに渇を癒し、精気を恢復する要素を持つてゐる文化が? 私は恐れるのだが、渇を癒すやうな根源的な作用を、この混沌期にあつては、皆が忘れてゐるのではあるまいか?」

河上徹太郎がいつてゐることは、露骨直截にいへば、占領軍が配給してくれる「自由」も「民主化」も信じるに足りぬ。たしかに在ると信ぜざるを得ないのは、外にポツダム宣言といふ冷厳な動かしがたい壁と、内に抱へてゐる飢ゑだけだ、といふのである。ポツダム宣言に頭をぶつけて死ぬか、汚濁の中に生きるか。

この頃、ドイトエフスキイは、自分の体験と思念を、それに托して語るために、さまざまに利用された。

荒正人は昭和二十一（一九四六）年の初頭、敗戦後半年をふりかへつて、「異常の年《アヌス・ミラビリス》」と呼んでゐる。それは河上徹太郎の「悪夢の如き歳月」とは対蹠的な、民主主義革命の異常な昂揚期に生きてゐる興奮を伴ふ息遣ひのあらはな文章である。

「いまかへりみて、すぐる半歳はうたがひもなく異常《アヌス・ミラビリス》の年であつた。地獄を見、天国を知り、最後の審判を見聞し、神神の顚落を目撃し、天地創造を実見したのであつた。ドストエフスキイ以上に稀有な、ほとんど信じうべからざる体験をかさねてきた。」

（「第二の青春」「近代文学」二月号）

一八四九年の十二月、ペトラシエフスキイ事件に連座して死刑宣告され、銃刑台に立たされ、シベリア流刑となつたドストエフスキイに、「昭和初年の左翼運動時代に青春を迎へ、つづいて「黒い行列を先導とする反動の時代」、いつ赤紙の召集令状が来るかもしれない「不断の死刑宣告」の十年間の体験をなぞらへてゐる。

大仰に過ぎる比喩ではないか。それはともかく、荒正人がここでいひたいのは、彼より上の世代のマルクス主義者とその同調者のかつての大量転向を目撃して味はつた幻滅の心理学である。その暗鬱である筈の心理学が、民主主義革命の時代来るといふ昂揚感と奇妙に結びついてゐる。「ヒューマニズムの否定者としてエゴイズム――まづこれを大胆率直に認めよう。そして、理想主義の表皮の下にある現実主義といふ真皮、英雄の衣装を纏つた凡人――これを裸眼を以てながめてみようではないか。」

『地下室の手記』にも言及してゐる荒正人にとつて、「一杯のお茶」は「ヒューマニズムの否定者」としての「エゴイズム」である。このエゴイズムの高らかな肯定は、日本民族の内面的解体を目的とする占領政策とすこしも衝突しない。その昭和現代史の史観はGHQが配給した「太平洋戦争」史観とも衝突しない。ポツダム宣言は「二二んが四」の壁どころか日本を解放した「最後の審判者」のやうなものである。

あの連日の爆撃下の日々には運命はあつたが、堕落はなかつた。しかし敗戦後の表情はただの堕落にすぎないといふ『堕落論』(一九四六年「新潮」四・五月号)における坂口安吾の直感は、河上徹太郎のいふ「汚濁」と重なるところがある。しかし、敗戦までの十年間を「不断の死刑宣告」だつたといふ荒正人とくらべるとき、おなじ戦争でありながら、人間の魂において別の戦争を生きてきたかの如きちがひがある。

坂口安吾の、堕ちよ、生きよといふ堕落の肯定、「戦争に敗けたから堕ちるのではないのだ。人間だから堕ちるのであり、生きてゐるから堕ちるだけだ」といふのは、河上徹太郎の「精神の飢渇」の在りどころを発見せよといふ声と大きくへだたつてゐる。安吾の堕落の肯定は荒正人のエゴイズムの肯定に重なつてくるところがある。

一九四六年といふ時期の精神状況において、あるいはその後の占領下において、従来の文学史が戦後新文学の登場として記述してゐる文学現象が、占領下をどんな位相であらはしてゐるかは、改めて考へねばならない。

私の考へでは、意識的ないし無意識的に、占領下を即戦後として考へてゐる文学は、すべてこの時期を代表することができない。旧日本国家の言論統制は、いつさい占領軍によつて撤廃された。そこに生まれた言論空間を、何でも自由にものがいへる時代が来たと考へ、その考へを発想の基盤とする作品形成は、日本国家を支配してゐる占領軍権力の言論の拘束を自覚しないがゆゑに、文学が本来もつてゐなければならない時代への抵抗を失つてゐる。

占領下において、「戦後」文学はあつたが、敗戦文学は寥々たるものであつた。敗戦に乗じた文学はいくらでもあつたが、敗戦の悲しみにおいて発想された文学はかぞへるほどしかない。のみならず、それは「戦後」文学的風潮の中でめだたなかつた。

5

敗戦文学といふものを、「戦後文学」との対比でいふならば、それは亡国の悲しみを歌ふ挽歌の声調を根柢にもつてゐる。この系統の文学は、抑圧からの解放を叫ぶ「戦後文学」の影の中で、あるかなきかの声をひくく語つた。

敗戦を境にして、日本人の趣味生活とその表現におけるいちじるしい変化は、人にとつて一等大切なことを、誇示しない含羞の失はれたことである。太宰治の文学が含羞を本質としてゐたことは、文章に感得される。

一九四六年の五月、北支石門から郷里に復員した保田與重郎は、敗戦後の日本人の現状が言語に絶するものであることを、もつとも痛烈に体験した文学者であつた。戦前マルクス主義者とその同調者が、GHQ（占領軍最高司令部）の戦犯指定と公職追放に歩調を合はせて、「日本浪曼派」の文学者を、悪罵の限りを尽して非難攻撃してゐた。保田與重郎はその代表として、最も悪質な戦争協力者、好戦的な国粋主義者として、葬られようとしてゐた。

保田與重郎はそれらの非難、悪罵にたいして、沈黙をひたすら守って耐へてゐた。この異様な光景は、日本の近代文学史上にも例をみない。

保田與重郎が沈黙を破つて、最初に書いた『みやらびあはれ』といふ文章は、形式からいへば、批評文と随想のあはひを縫ふ作品であるが、作者の動機を推測すれば、さういふ近代文藝の境界区分けが邪魔になるやうな文章を書くことであつた。そしてその発想は述志である。

「無くなつてゆくもの、敗れ去つたもの、亡びゆくもの、それを描きとゞめ、描きとゞめた文章の力によつて、亡びゆく雑多を悲しみ葬り、大筋を支へ守るといふことは、古来から詩人の務と任じたところである。詩人は勝利の記録を描く御用作家と両立せぬ存在であつた。」

『みやらびあはれ』のライト・モチイフは、「私は帰国当時こそ、悲しみと恥しさと憎しみをしきりと味つたが、それらがおのづからに憤りに変るまへに、今は却つて自身の負目となつた。」といふ一節に窺ふことができる。この「負目」といふ自意識は、外の喧騒に反応する、こちらが恥しくなるやうな低劣なものに対する悲しみと憎しみが、内側に向かつて、その原因となる窮極のものを明らめようとする心のはたらきである。

「帰つてきた去年の夏、私はふとある老作家の戦時中の日記をよみ始めて、八月十五日の夜平和恢復の喜びを祝ふ酒をくむ条に到り、つひにその続きを読み続けるに耐へなかつた。忽ち私は悲しいことを思ひ始めたのである。」

保田與重郎が相手の名を挙げずに批判するときは、取るに足らぬ相手といふ認識がはたらいてゐるが、この場合は、名を挙げるのに耐へられなかつたのであらう。老作家は永井荷風である。しかし、さすがに荷風は、「休戦の祝宴を張り皆々酔うて寝に就きぬ」（傍点引用者）と、八月十五日が「終戦」でなく「休戦」といふはつきりした認識を抱いてゐた。

荷風の『断腸亭日乗』のこの記述に、保田與重郎は、老作家の利己的発想にもとづく傍観者の文章をみた。しかしこれをあげつらつて済むものではなく、敗戦国日本人の「負目の一つ」として負ひゆくより他ないと思つたとき、一昨年八月十五日の北支石門における記憶を書かすにはゐられなかつた。

「十五日の放送は内閣告諭さへ殆ど聴取不能だつた。その時私が何気なく自身に云ひ含めてゐたことは、今一度、情報をたしかめねば、といふことであつた。誰もそれ以上に、何がどうかを判定する者は、軍病院内に一人もゐなかつた。何らの命令も下らなかつた。しかしこの種のわが判断こそ、教養者の通弊を現すやうに思はれた。その機に及んでも、あくまで我々は現代教養の通弊の中に住んでゐたのである。今一度情報をまたうといふ、さういふものの考へ方と態度で、私は幾度大事の時を見送つてきただらうか。しかもことこゝに到つて、なほさやうなひとり合点に陥つてゐる。この弱く悲しいひとり合点は、古代人の知らぬ罪悪である。現代罪悪観の外にある、最も忌むべき心の罪悪であると思はれた。私も亦一人の傍観者に過ぎなかつたのではないか。」

しかしその夜、保田與重郎は怖ろしい瞬間を体験した。看護婦らのあわただし動きと慟哭を耳にしながら、病室の中央に活けてある大きい向日葵の影が、床に黒々と映つてゐる。「一輪の花の描いた陰に、私はかつて思ひもよらなかつた無限に深い闇を、ありく〵と見たのである。かういふものをさして、何と呼ぶであらうか。」

ひるがへつて思ふに、かういふ瞬間は、意外に多くの日本人が体験した筈である。それを、奈落に魅入られた衝撃と呼ばうと、茫然自失といはうと何といはうと、その実相をいひあらはすことができない。そして、その後に来る敗戦後の時間が、さらにその実相をみえないものにした。観念ではなくて、生活において日本が消滅すれば、自分が無になつてしまふ。さういふ感覚を、生き延びた時間の中で、人はさまざまに処理した。戦争への憎悪は、そのもつとも広く人の心をとらへた感情である。その感情を輿論に組織する占領権力のはたらきかけは、矢継ぎばやであつた。

「どんな人でも国と民の重大事に当つて、徹頭徹尾の利己主義的傍観者であり得ない、時には責任者であり、賛成者となり、反対者ともなる。その同じ心持の一部で傍観者でもある。さういう混乱した心の状態で、それに即しつゝ、しかも純一の道を通すといふことは決して容易ではない。」

この容易でないことを表現しようとする発想から、敗戦文学は生まれた。それはほそぼそとした内部の径を通つてあらはれるしかなかつた。そこに伴ふのは憎悪でなく、いかなる権力も組織し得ぬ悲しみと憤りである。

（了）

栗坪良樹

戦争体験の共有は可能か

――浮遊する〈魂〉と彷徨する〈けもの〉について――

(一) 三十三歳老兵の出征

一つのエピソードがあります。一九四五年五月一四日、満州国奉天市から三十三歳の一人の満鉄職員が戦地へ出征しました。三ヵ月後には太平洋戦争が終結するこの時、三十代の老兵の装備は相当ちぐはぐなもので、要するに頭数だけを揃えるその場しのぎの召集だったと伝えられています。右と左の合わない軍靴、よく見ると芝居用の模造に近い銃剣、ゲートルも不揃いで、これでは士気が上がるわけがない。加えて当の本人は徴兵検査では丙種合格、役立たずの兵士であり戦場に出ていけば同僚の足を引っ張ることになるので、先送りになってその日まで待機状態にあったようなものです。それでも出征する時は、家族を含む近所の人々が多数旗を振って見送りました。千人針の兵児帯を締めて勇んで戦地に出ていったのです。近所の人々は家族に気づかれないように、あの人が出征するようではもはや日本の敗北は眼に見えたと囁き合いました。

満州国崩壊を目前にした四五年五月といえば、関東軍の精鋭は南方に転属させられ、満州国は無防備に等しくなっていました。丙種合格の兵士といえども国境線に配備させて枯木の役を演じなければならない時です。敗戦直前に出征させられる兵士の存在は、形をかえれば満蒙開拓国の美名の下に喰い詰めた本国日本の農民が、村ごと移住させられたこととも重なり合います。荒蕪地に投ぜられた農民家族を外敵から守っているはずの関東軍兵士は、国境の防備を放棄して蜘蛛の子を散らすように姿を消した、つまり農民を棄てたと語られます。開拓団の人々を棄てた兵士たちは遠く南太平洋の海原に身を沈めたか、南方諸島で飢餓のどん底で命果てたか、いずれにしても命の保証は皆無であったと思われます。

四五年八月六日、広島原爆投下に軌を一にするようにソ満国境を超えてソ連軍が南下してきました。日ソ不可侵条約はたちどころに反古にされ、辺境に投ぜられた開拓団や防備など出来るはずもない役立たずのにわか作りの丙種軍人たちは、断末魔の瀬戸際に追いやられることになりました。

三十三歳の老兵士は出征直前に家族とともに記念写真を撮りました。奉天市内の有名写真館で撮った家族四人の写ったセピア色の一枚の写真が残されています。夫は三十三歳で国防色の軍人のいでたち。妻は二十九歳で坐っているけれどもモンペ姿と分かります。長男はまもなく五歳でセーターに住所と名前の書かれた白い布切れが縫いつけられています。次男は誕生月の一歳でヨダレかけをつけて父に抱かれ両手を握って宙にかかげています。父たる人は、かすかに笑みを浮かべていますが、眼は笑っていません。抱かれた赤ん坊は写真屋があやしているのでしょう、にぎにぎをしてキョトンとしています。長男は頭ばかり大きくて不安な表情を精一杯おし殺しているようです。母たる人は、やや横顔を傾けた表情で微笑しています。これが夫たり父たる人との今生の別れになるとは、この写真の中から窺い知ることはできません。

(2) 留守家族から難民家族へ

三十三歳の老兵は、ソ満国境の駐屯地から妻に宛て、さらに長男に宛てて何通かの葉書を書いていました。いずれも軍事郵便とべたりと朱で印刷された官製葉書であって、文面は際立って紋切り型の内容です。妻には、子どもたちをよろしく頼む、息子には、母さんのいうことを聞いて勉強するように、といった主旨です。また別の文面の場合は、自分は元気でお国のために奉公しているから心配せぬように、とあります。ほぼこの三つのパタンがくり返された文面は今から考えると、それが検閲ギリギリの意思表示だったのでしょうか。その文面は、夫たり父たる人の覚悟の死を予感させています。

老兵士は、召集されてほぼ真直ぐにソ満国境に配属され、三ヵ月経たないうちにソ連が侵入してくる国境線の守備についていたのだと思われます。家族への便りが可能であったのは、恐らく六月から七月にかけての長くを見積もるとして一ヵ月間ほどだったのでしょう。残された葉書の日附がそれを物語っています。残された家族写真と数通の葉書が四人家族の最後の証しでありました。葉書はあと二、三通は残されていたのですが、後日老兵がソ満国境のその地に駐留していたことを示す証拠として厚生省に提出させられました。

一九四五年八月一五日、ポツダム宣言受諾があって日本は敗戦を迎えました。八月六日の広島原爆投下直後、ソ連が参戦することになって満州北東は戦乱状態となります。関東軍軍人留守家族と満鉄職員家族に向けて、二日間以内に身の回りをまとめて脱出指令が下りました。八月九日十日という時限を切った、それでも特別に優先された脱出指令です。無蓋列車がチャーターされて北東アジアから朝鮮半島に向けて民間人の南下が始りました。敗戦宣言つまり玉音放送までわずか数日前の話です。夫たり父たる人を送り出した母と二人の息子の三人家族は、留守家族ならぬ難民家族になることが決定されてしまったのです。

一つのエピソードは、戦争を挟んで家族の歴史へと展開していくのですが、今それを語ることが目的ではありません。一九四五年五月、三十代の老兵として出征した兵士の行方がどうなったのか、それが問題です。老兵の行方を探索することは〈戦争とは何か〉という、大項目を立てて、然る後に〈戦後とは何か〉という、私流に言えばそれは中項目に属します。さらに〈戦後文学とは何か〉ということは、文学作品が固有の一人の私によって描き出されているが故に、私の歴史すなわち〈私〉という名に限りなく収束する個別性をもった小項目に属していると思います。

（3）残留孤児という名の日系中国人

先述の三十代老兵に直して言えば、彼が敗戦三ヵ月前に戦場に派兵されることになった背後には、日本に対峙した連合国の終戦処理を先取りする国際政治が動いています。バスに乗り遅れまいとして参戦したソ連の去就には、すでに米ソ二国間の鍔ぜり合いが始っていたことを示しています。広島、長崎へのアメリカの原爆投下は、日本を完膚なきまで追い落とすということだけを意味していませんでした。かくして一九四五年八月一五日、十五年戦争とも称される長き戦争の時代が終結し、アメリカ単独占領のいわゆる戦後民主主義の時代の幕開けがありました。三十代老兵の留守家族は、敗戦と同時に満州国を失い難民となってしまいます。

一九四六年、中国大陸に溢れかえった日本人難民には故国日本を目指した引き揚げのラッシュが始りました。母子三人の留守家族は、三十代老兵の実家である福岡県京都（みやこ）郡今川村矢留に引き揚げました。四六年夏のことです。四五年八月から約一年間にわたってこの母子家族に何があったか、今は省略しますが、三人家族にいわゆる〈戦後〉が始ったのです。引き揚げ者家族の戦後は、生き延びた家族であることによってその背後には、満蒙の地から中国東北部、朝鮮半島にかけて引き揚げ不能であった死屍累累、異国の地に骨を埋めた家族の残像が重なり合っています。あるいは死ぬことはなかったが、中国大陸に置き去りにされた数え切れない日本人残留孤児と称される捨て子の群れが幽鬼のごとく立ち顕われてきます。井出孫六は、いわゆる残留孤児の親さがしが厚生省の儀式的年中行事になっていった折に、五十、六十代の大人をつかまえて残留孤児などと言うな、日系中国人というのが当然であろうと主張しました。残留孤児は、自らが選択して中国残留になったわけではない、十五年戦争の究極である太平洋戦争（政府は大東亜戦争と称した）という世界史的大項目状況下に置き去りにされた、さらにとっくに敗北しているにも拘らず、敗北を認めずズルズルと死者を増加させていった日本のズサンな国家政策というべき中項目状況が覆い被さり、中国人養父母に育てられたとはいうものの帰属するところを喪失してしまった小項目状況に封じこめられてしまった、いわゆる中国残留孤児とは国際関係を正しくとり結べなかった日本国が、子どもの将来を奪い去って口を拭っていることの典型を示していたのです。今日、一九七〇年代に頻発した北朝鮮拉致問題を三十年も経って、にわかに言挙げし過去、現在の歴史の連鎖を棚上げにしている現状が重なり合ってくるところです。仮に大項目、中項目、小項目と言ったのは、世界観をもって国際関係を処理し得ない日本政府は、いかなる時代においても一人の私という個人に犠牲を強いてくるということであったのです。

（4）戦地に死んでいった兵士の行方

一九四六年以降、中国大陸をさ迷い南方諸島などに死んでいった兵士の行方を求めて、留守家族は、ラジオの尋ね人の時間にすがっていました。夫たり父たる人との別離があって、さてその後その人はどうなってしまったのか、生きているのかはたまた死んでしまったのか。錯綜する無数の情報が、性能のいいとはいえないラジオに飛び交っていました。三十代兵士の留守家族も夫たり父たる人の行方を求めて、あらゆる手段を尽していました。当時の厚生省引き揚げ掩護を扱う部局では、一人の兵士の死亡を特定するために二人以上の証言を求めていました。兵士の一人が確実に死んだことが証明されれば、遺族に年金が下されることになります。年金欲しさに兵士の死亡を証明するということではないにしても、一人の兵士の死亡の確定に国家が介入することになったことは確実のことだったのです。

例の三十代老兵士家族も、夫たり父たる人の行方を求めて八方手を尽しましたが、ことはそう簡単にはいきません。お父さんの死亡が確認されるまでは、お父さんは生き続けているのです。中途半端に夫の死を確信して妻は別な人と再婚してしまった、そこへ夫が帰還したという悲劇を八木義徳は小説に描いていたと思います。これとの連動でいえば、中国に子どもを捨てて母親は日本へ還ってきた、夫は戦地から長く還らず妻たり母たる人は別な男性と再婚してしまった、残留孤児の親さがしが始まって、新聞やテレビに報じられる情報をもとに、明らかにあの人物は自分が置き去りにした我が子に違いない、物的証拠を含めて間違いはないと確信しても、名乗り出るに出られない母の群れが存在したことは明々白々のことでした。

そのような体験をもつ妻たり母たる人は、戦争が終ったとはいっても、生涯戦時下に置かれて、正直な人は悪夢を見たまま生涯を終えざるを得なかったか、現にその渦中にあるはずだと思います。大岡昇平は、芸術院賞が与えられようとした時、天皇から下される褒章を受けとることは出来ないとして、これを鄭重に拒みました。天皇の赤子として死ぬべき自分が生き延びてしまったので、これを受けるわけにはいかないというのです。井上ひさしは、友人たちが広島の原爆で皆死んでいったのに自分だけが生き残ってしまったこと、それを後めたく思い続けて結婚しない若き女性を戯曲に描きました。自分だけが幸福になることは出来ないというのです。表現のある人、作家たちは自身の倫理感を下に万人の心を代表することが可能です。しかし、無数の人々の後めたさ倫理感を全て描き尽くすことは不可能であり、文学作品にそこまで要求することは無理な話なのです。

(5) 国家が兵士の死亡を確定する

戦争から派生する人間の悲劇は、文学作品で表現し尽くせることなどあり得ないとして、不特定多数の戦争体験者のうち、決して自分の体験を口外しない人々がいても不思議ではありません。自身の封印しておいた後めたさ、倫理感をこじあけるので戦後文学など読まないという人があっても不思議ではないということです。大江健三郎が障害のある子どもを小説に描き続けるので、障害のある子どもをもつ親が大江さんの作品を読まないということを、折々聞くことがあります。人権、人道、倫理のことは表現すれば万人に投げかけられたテーマになります。究極の人権、人道、倫理は表現されたもの、作品が一般に投げかけられたところから始まるものだと思います。誰も否定することの出来ない人権、人道、倫理が同じところをなぞっているだけでは堕落につながるのです。一人の作家が、いったんそれを表現すれば生涯その倫理感を更新することが科されたことになるのです。そのように読む読者であるかどうかは私たち読者の個別の問題になります。

例の三十代老兵家族に話を戻します。母子三人の留守家族は、敗戦後あらゆる手を尽くしましたが夫・父の生死は杳として分からず徒らに年月が過ぎていくだけでした。四六年夏に兵士の実家に引き揚げてきた母子は、舅・姑、小舅・小姑の多い夫の家に居心地を定めることが出来ず、その家を出ることになっていました。妻・母である人は郷里北海道の石狩平野の真中に位置する石狩川が貫流する空知郡北村に帰郷しました。母子家族はそこを拠点に夫・父の行方を尋ね続けたのです。敗戦から五年が経った一九五一年、三十代兵士の死亡が認定されました。二人の証言者が兵士の死亡を証言してくれたのです。それによれば、三十代兵士はソ満国境の野戦病院のようなところで、一九四五年十月に戦病死したということでした。この事実を同じ病院でベッドを接していた一人の兵士と、北海タイムスの新聞記者で尋ね人を取材し続けていた人物が、取材メモから兵士の死を特定したということでした。この結果厚生省は三十代兵士（生きていればすでに四十に近くなっていますす）の戦病死を確認し、正式に国家として家族にむけて兵士の死亡を通達しました。家族は指示された日に、札幌にある厚生省出張世話所に兵士の遺骨を引き取りにいきました。

（6）空き箱同然の遺骨箱

三十代兵士は、今は小さな遺骨箱に納まる仮の遺骨になって帰還したのです。もとより遺骨箱に遺骨のあろうはずがありません。左右上下に振れば、カラカラと小さな音はしますが、明らかに空き箱同然の仮装の遺骨箱だったのです。それでも世話所の一室に祭壇があって、何百人あるいは何千人の骨の裏付けのない兵士を祀ったことでしょうか、そこでお坊さんの読経があり、担当役人の涙ながらのお悔やみのことばがあり、三十代兵士の遺骨は形どおりに遺族に引き渡されたのです。四五年五月一四日に旧満州奉天（現・瀋陽）市から出征した三十代兵士は、四五年十月二〇日にソ満国境の野戦病院にて病気のため死亡、それから約五年後の五一年夏にようやくその死亡が認定されて鬼籍に入ったのでした。三十代兵士の遺骨箱を開いてみたところ十数センチの小さな木の位牌が入っていて、姓名と死亡月日が銘記してありました。それによると、出征してわずか五ヵ月後には死亡していたことになり、しかもそれは終戦の二ヵ月後ということでありました。

三十代兵士にとっては、一九四五年八月一五日以後死亡まで約二ヵ月戦争は継続していたことになります。日本内地の国民の大半は、八月一五日以降敗戦とはいいながら戦争は終ったと浮かれ調子になっていた時、戦地・戦場から帰還出来ずにいた兵士たちは、戦闘状態から解放されてはいませんでした。戦後何十年間か経って二人の兵士がジャングルから帰還した時、彼らは今もって戦闘状態にあることを信じ込んでいたようでした。さらに加えていえば、三十代兵士の家族は夫・父が出征後五ヶ月で死亡していたとは知らずに数年間を過していたのでしたから、その限りでは家族の戦争は継続していたことになります。多くの出征兵士留守家族は、八月十五日で戦争が終ったとは思っていなかったのです。兵士の死亡が確認されると家族には遺族年金が支給され、その対象になった戦死・戦病死者の兵士の名前は、右から左その年度ごとの太平洋戦争犠牲者つまりは国家のために命を捧げた英霊の名表の列に加えられて、靖国神社に祀られることになりました。

（7）遺骨不在の魂

　三十代老兵士は死亡が確認されて、靖国神社に英霊として祀られることになりました。遺族には年金が支給されることになり、このエピソードはこれで結着をみたようなものです。しかし兵士の妻は、もの思いにふける時がありました。厚生省経由の小さな遺骨箱には、遺骨がありません。想像すれば亡くなった夫は、ソ満国境の名もなき辺境に野ざらしにされているような気がします。今では、これが夫の骨であると証言する手だては何もありません。夫の実家からは、長男であった息子の遺骨箱を先祖代々の墓に納めるのでこちらによこせと言ってきます。妻はこれを拒絶しました。当然のなりゆきのように、兵士の妻と兵士の実家の一族とは仲違いすることになりました。三十代老兵士の出征譚は戦後になっても終わることのない時間を引き摺り続けることになるのです。もはや、戦後ではないという呼び声によって、物質的な戦後復興は形作られていきましたが、遺骨の裏付けのない戦没兵士の魂の復興はありません。

　三十代老兵士の妻は、遺骨の入っていない小さな箱に出征する時に残された夫の遺髪と爪を入れて、人知れず鏡台の物入れに隠し持っていました。それを子どもたちにも秘めていたのです。骨と魂の一致がない限り、夫は天上の魂たり得ないと思っていたのでしょうか。三十代老兵士の魂は、遺骨が不在であるばっかりに、墓の中に眠ることがなく、妻の引越しのたびに持ち歩かれていました。兵士の妻が東京に暮らすことになってからは、十月二十日の命日には、彼女は秘かに靖国神社に参拝して、国家に管理された夫の魂に出会ったつもりになっていました。遺骨の裏付けのない戦没兵士たちの無数の魂が、靖国神社に集結している構図だけが明確です。厚生省遺族年金課にリストアップされることが、戦没兵士の魂の在り所だったのです。遺族年金というリアルな裏付けによって靖国神社に魂が帰属することになりました。それは魂が国家管理されたことと同じことだったのです。

(8) どんでん返しの老兵士の死

三十代老兵士のエピソードには戦後がやってきません。そう思っているところに、ここまで語り続けたエピソードが、どんでん返しになる日がやってきました。兵士の妻には七人の姉兄弟がいました。どんでん返しは、一番上の姉の長男つまり甥にあたる人から、兵士の妻の長男にもたらされたのです。老兵士死して六十年、すでにその妻たる人も亡くなっている二〇〇六年に三十代老兵士の全く新しい寝耳に水の情報が従兄から従弟へもたらされることになったのです。その情報は満州国の官僚であった人物の事蹟を探索する過程で偶然発見されたのでした。三十代老兵士の妻の甥は、満州で官僚であり敗戦後シベリアへ抑留された父の最期の地を尋ねて、二〇〇六年夏ハバロフスクの日本人収容所跡を訪れました。シベリアで強制労働をさせられたであろう日本人の死者たちの膨大なリストの中に父の名を捜し当てるそのさ中、三十代老兵士の名前を偶然発見したのです。父の名前を求めていた彼は、自分にとっては義理の叔父にあたる人の名前を発見したのです。彼は早速従弟にあててその情報を伝えました。三十代老兵士の長男は、亡くなった母に代ってその情報を確認して驚きました。厚生省遺族年金課で確定された父の死亡年月日、一九四五年十月二十日とは全く異なる一九四六年五月二十二日という死亡年月日が伝えられてきたのです。さらに死亡場所もハバロフスクの収容所施設であったことが伝えられてきたのです。ゴルバチョフ以降のグラスノスチのソ連は、日本人捕虜の情報の公開を行ってきたとされています。その流れの中から三十代老兵士の個人情報がソ連からロシアに変更になった今日、曲折を経て遺族に届けられたことになったのです。老兵士に関する厚生省一九五一年の死亡確定情報と、ロシア二〇〇六年の死亡確定情報の間には、七ヵ月の時間差があります。三十代老兵士として満州奉天から出征した夫・父たる人は、ロシアの情報では戦後九ヵ月間シベリアの収容所で生きていたことになります。日本国厚生省の情報より七ヶ月間長く生き延びていたことになるのです。これは、たまたまかく言う私が知り得た一兵士の浮動する戦後の歴史です。これに類する一人の私の〈戦後〉は、数限りなく存在するはずですが、私たちはそのような埋もれたままの戦後の歴史に注目をはらっているわけではありません。

そこで〈戦後とは何か〉〈戦後文学とは何か〉、果たして文学が〈戦後〉をおおって語り継がれていくことに如何なる意味があるのかということになっていくのです。かく言う私には〈戦後文学〉の全体を把握し、これを歴史的叙述に固めようとする関心は目下のところ強く働いてはいません。先に見たように六十年経過しても一人の兵士の生死の情報がたやすくひっくり返されるという事実に、ただただ驚きを感ずるばかりなのです。歴史的叙述、記述には人知れず事柄を転覆させる相対的機能か装置されていて、既知とされた事実を思わぬところで逆転させてしまう、そこに気付いた時、さて何処に考える糸口を求めればいいのでしょうか。

(9) けものは本能のままに走る

一つのエピソードならぬ一つの小説作品の事例について考えたいと思います。安部公房『けものたちは故郷をめざす』という小説を例に引きます。この小説は一九五七年一月号から四月号まで雑誌『群像』に連載され、同年四月に講談社から刊行されました。一九五七年といえば、それより二年前の一九五五年に自由民主党が結成され、社会党統一があって保守・革新の対立する構図が明らかになるいわゆる〈五十五年体制〉が確立に向かっていました。前年の一九五六年には経済白書が、もはや戦後ではない、と高らかに言い放ち、テレビ主導の情報化社会の端緒が全国に行きわたる勢いを示し〈一億総白痴化〉と称される時代を迎えていました。

いわゆる〈戦後文学〉すなわち一九四五年八月一五日を境として〈戦後〉に書き継がれた戦争体験を塗り込めた〈戦後文学〉の隆盛から約十年、安部公房の『けものたちは故郷をめざす』は時代の要請に括られない形で世に顕われたとみられます。この小説には、戦争体験が描かれていることは否定出来ません。〈戦後文学〉が総じて内面的なモノゴトを考える人々を描きつつ、戦争とは何か、戦争体験を叙述するとは如何なることか、戦争体験は不特定多数と共有可能か、等の多様なメッセージを送り出し続けていました。しかし、それが十年ほど経て経済発展に世の動向が関心軸を移行させるに従って、戦中・戦後体験の相対的体験化はメリハリを後退させていきました。

そのさ中に安部公房の小説が出現したとみられます。しかもその標題が示すごとく〈けもの〉に見立てられた数人の人間たちの十日間あまりの動向が描かれていたのです。安部公房のこれより先に描かれた小説世界は、『終りし道の標べに』(47〜48)、『壁』(50〜51)など安部流実存主義小説、さらには『飢えた皮膚』(51)、『闖入者』(51)、『デンドロカカリア』(52)、『飢餓同盟』(54)、『棒』(55)など安部流アバンギャルド小説などが系譜を連ねていました。それらの諸作品と一線を画して、『けものたちは故郷をめざす』は、そこへ至る作品群をいったん御破算にしてしまった節があります。安部公房は御破算の思想の持主だったと思います。構築され作り上げられていく事柄や構図が、どうかした拍子に他愛もなくガラガラと崩壊して築かれた意味や軌跡が消滅してしまう。その時人間は何をどのように処置するのか。積み上げられていった梯子、階段状のものが跡かたも残さずに、そこに立ち尽くしている人間、それはもはや人間という知恵と叡智に充ちた皮袋状に形状化された生きものではなくて、野に解き放たれた一匹〈けもの〉に等しいのです。本能のおもむくままに彼は曠野を走り抜けるしかありません。

(10) 零下三十度の厳寒に生きる

満州国が崩壊してすでに三年が経過しています。久木久三は二十歳前の青年ですが、故郷の日本に帰国する手段を捜し求めて放浪する身の上です。破滅した旧満州には中国国府軍と八路軍とが対立抗争を激化させています。久木青年は海千山千のロシア兵士、日本人なのか朝鮮人なのか、はたまた中国人なのか素姓の分からぬ日本語を話す正体不明の男に同行しています。地獄の沙汰も金次第、路傍で出会う馬車追い少年でさえ、金と食糧次第ではヒッチハイカーに等しい主人公に便宜を供与してくれます。帰るところがある人間は帰らずにはいられない帰巣（帰国）本能だけが全てであって、本能を全うするための手順や手段は何も持ち合せていないのです。喉が乾けば水がほしくなり、疲れれば熟睡するだけです。逃避行に出立する時に身につけた軍票の束と身を守るためのナイフと地図そして現金などは、一匹のけものにとって身を守る武器なのです。久木は、顎まで埋まる襟巻をまき、外套を着てスケート用の耳当てをして徽章のとれた学生帽をかぶり、荷物を肩にかけたいでたちで故郷をめざす人間を型どったけものであったのです。

久木青年が置かれている状態は、昨日の中に今日があるように、今日の中に明日があり、明日の中に今日があるように、今日の中に昨日が生きている、それが人間の生活であるという教え込まれた常識が全く機能していないという状態なのです。戦争が終って三年が経過しているのですが、戦争の結果は人間生活の約束ごとをばらばらに分解したまま何一つ元に復する予兆をもたらさないのです。

久木久三の父は二十年前に北九州から満州に渡ってきたパルプ工場で働く木工職人でした。母は父を追って渡満し久三が生まれたもののその直後に父は亡くなり、母子の暮らしが続いていました。

久木が十六歳の一九四五年八月九日の午後、ソヴィエトの参戦があって、蛇のような黒い戦闘機が南を目指して飛んでいき、町の外を関東軍の大部隊が東を目指し移動していきました。すでに戦争下におかれていたにもかかわらず母と子はそのことを知りません。青年は母が流れ弾に当って死んだことによって、初めて戦争を知ったのです。負傷者のうめき声は、けだものの呼び声そのものです。戦下をくぐって逃避することに規則があるわけではありません。飛び交っている弾丸の下をぐるぐるめぐっているに過ぎないのです。銃声の一発々々がひびきわたる空間に自分の身を処するにしても、形勢がまるでつかめません。逃げまどう間に出会った男と手をとり合い、零下三十度の厳寒を本能的に身をすり合わせて耐えているだけです。けものと化した彼らの気配を感じてか、狼の声が聞こえたように思うのですが、空耳であったのかも知れません。身体全体が張り詰めた神経となって、自分の位置するところを確認し続けるのです。その時急におし寄せてくる睡魔。眠ってしまえば一巻の終わりです。二人の男は眠りをふり払うために互いに殴り合い突き倒し合って、息をついてはウオトカを飲んで坐り込んでしまいます。まるで火の棒を飲み込んだようでした。

（二）戦争体験の共有は可能か

久木は自分の身分を証明する証明書を持っていますが、敵と味方の境界線上にあっては地雷の上で鬼ごっこするようなもので、平時のルールなど何の役にも立ちません。敵と味方の境界線上とは、生と死の境界線上の意味でもあります。そこを脱出するには、ただひたすら歩くしかないのです。

歩き続けて暖をとるために、枯葉と枝を集めて火をつけることにします。火勢の誘惑のあまり焔を抱き込もうとします。前が熱くなると後が冷たくなる、後を暖めてまた前をあぶり、靴を脱いで足をあぶると、体の隅々がむず痒くなりやがて痛みに変化します。そして唸りながら体中をこすりまわすけものとなるのです。

主人公久木久三は、偶然出会った同行者と行動を共にしながら、日本を目指して歩行し続けています。それは一種の永久運動のように見えます。今や彼の歩行は何処から始まって何処に行き着くのかその究極が分かりません。主人公の久木がけものと化しながら行き着いた本能の最果ての境地は次のようなものでした。

《…ちくちょう、まるで同じところを、ぐるぐるまわっているみたいだな…いくら行っても、一歩も荒野から抜けだせない…もしかすると、日本なんて、どこにもないのかもしれないな…おれが歩くと、荒野も一緒に歩き出す。日本はどんどん逃げていってしまうのだ…》

安部公房がここに描いている主人公久木久三の姿は、一九五〇年代中葉の、もはや戦後ではない、と経済的自足状況が国民的合意になり始めた日本そのものに冷や水を浴びせた皮肉な姿とみられます。敗戦のどん底から立ち上ってわずか十年、日本国民は〈戦後〉という名の荒廃ウイルスを薄い消毒溶液で洗い流して手をぬぐい口をぬぐって、何ごともなかったかのように次の十年に向かい始めていたのです。久三は夢を見続けているのだったでしょうか。高い塀がはりめぐらされていて、その向こうで母親が洗濯をしており、久三はその傍にしゃがんで、タライのあぶくと戯れているのです。その光景を塀ごしに、もう一人の疲れはてた久三が覗き込んでいます。〈どうしてもその塀をこえることができないまま…こうしておれは一生、塀の外ばかりをうろついていなければならないのだろうか?…塀の外では人間は孤独で、猿のように歯をむきだしていなければ生きられない…〉、久三はそのように呟き続けているのです。〈けもののようにしか、生きることができないのだ〉と心に決めた時、主人公久木久三には彷徨の末に〈戦後〉が身についたというべきだったのです。

当初の命題である〈戦後とは何か〉〈戦後文学とは何か〉〈戦争体験の共有は可能か〉、何と問い質してもいいのですが、それには共有可能の回答がありません。〈戦争〉は国家が演出する大芝居のようなものです。戦場に狩り出される国民という名の兵士たちは、命を賭けて演技させられる泡沫役者のようなものです。三十代老兵士のエピソードのように無数の兵士たちが骨の裏付けのない浮遊する魂となってけもののように異国の曠野をさ迷っているのです。

安部公房が、戦後の中国大陸を〈けもの〉のように彷徨する青年を描いたことには、日本国民がこぞって〈戦後〉を忌言葉にして排除し始めた時代に対する反噬の意味がこられていたと思い知るべきだと思います。〈戦後〉を戦争が終った後の希望的時の流れのように考えることに、安部さんは一矢報いたのだと思います。満州の曠野を一匹のけものとなって生きるしかない青年の姿は、魂の安んずることのない無数の敗残兵や戦場に散った無名の国民の表象であったのです。

松原新一

危機ののりこえ方

――大江健三郎の文学――

昨年（平成十八年）、私の知人に不幸が続いた。会社をリストラで追われた彼の弟が、春先に自宅の風呂場で首を吊って自殺した。ネクタイを何本もつないで、首に巻いていたという。五十代半ばの死である。ハローワークにも通い、再就職先を探したようだが、仕事はあっても一日の労働時間が四時間に制限され、時間給だから、一と月の収入はいくらにもならない。仕事探しそのものに疲れていったのだろう。妻とは二十年ほど前に離婚、息子は結婚して独り立ちしているが、老いた母親との二人暮らしで、その母親の年金だけが頼りという心細い生活に自身の老年に近づく不安も重なったにちがいない。

その知人は、あと、従姉妹と叔母の病死に遭い、一年に三人もの身内を失うことになった。年も暮れる頃に電話を掛けてきて、「年賀状は失礼する。それにしてもひどい一年だった。参ったよ」ということばに、重い実感が滲んでいた。電話のやりとりのなかで、彼も私も同じことを口にしたのは、どんな家庭・家族であっても、なにごとも起こらない、平穏無事に過ぎていく日々は一年と続かないのではないか、という感慨であった。なんとか今年は無事に過ごせたなと思うと、それはつかのまの安堵感で、娘夫婦の離婚話が持ち上がったり、連れ合いが具合が悪くなって入院したり、孫が学校に行かなくなったりというふうで、一段落したと思えばすぐそれに続いて次の難儀な問題にぶつかってしまう。「オレのところだけじゃなくて、どこの家でも似たようなものかもしれない」という彼の述懐に、「たぶん、そうだろうな。生きていれば、何かが起きてしまう。そのつどなんとか踏んばってのりこえていくよりしようがないよ。いいことなんか、めったにあるもんじゃない」と、私も冴えない感想を口にするしかなかったのである。危機の連続みたいなものだなと思わざるをえない。

江藤淳の自殺を知ったときに、私は少し心の落ち着きを失った。奥さんに先立たれ、自身も脳梗塞に見舞われるという危機に直面した江藤淳が、ついにそれをのりこえることができなかったらしい事態に、私はショックを受けた。かつて庄野潤三の『夕べの雲』に即して「治者の文学」の必要を説いた人である。弱さや愚かさや脆さ（そういうものこそが自身の文学の源になっている文学者は少なくない）をほとんど自身のことばとして表立たせることのない人であった。私は江藤さんと初めてお会いしたときのことを今に鮮明に覚えている。遠山一行、高階秀爾両氏と「季刊藝術」の編集発行に江藤さんが取り組んでいた頃で、私にも何か書かないかと声をかけてくれたのである。その打ち合わせもかねて、江藤さんに初めて会った。銀座の煉瓦屋というレストランだった。活字になった文章から受け取っていた印象と、実際に目の前に見る江藤さんとはずいぶん違っていて、ニコニコとよく笑う、愛想のよい人であった。そのときに江藤さんは、「批評家というのは、作家を下から見上げていてはダメなんだ」と言い、「例えば平野謙さんは、『中野重治は』と中野さんを仰ぎ見るようにして、自分を下に置いて書くでしょう。あれはダメなんだ。上から見下ろすように批評家は書かなきゃダメなんだ」と言った。批評家の方が上なんだというのは、もちろん虚構だけれど、その虚構に立って批評家はモノをいわないといけないというのである。江藤淳という人の、強気でいようとする意志のようなものを感じたのは事実である。平野謙の批評スタイルは、伊藤整の言ったように、確信していることを頼りなげに言う、という趣きがあったから、中野重治につい て何かを言うときに、平野謙が仰ぎ見るふうの口調になっていても、それをそのとおりに受け取るのは、かえって平野謙のレトリックの術中にはまることになるかもしれない。だから、私は、平野謙という固有名詞は脇に置いて、批評家は上から見下ろすようにモノを言わなきゃダメだ、という考え方に江藤さんの強気というか、強くあろうとする意志を感じとって記憶に刻まれたのであった。江藤淳の自殺に私はたいそう可哀想に思い、同時に、案外に脆いものだなとも思った。文学の力というのもその程度のものかと、少し口惜しい気もした。もっとも自殺しようと思えばいつでもできるというのは、人間にとって最後の救いであり希望であるかもしれないから、別にそれは今日でなくてもいいというので生きのびる場合もあれば、それが今日になってしまったという場合も、むろんあり得る話にちがいないので、江藤さんの場合は「それが今日になってしまった」ということなのであろう。厳しい、というよりずいぶん冷たい意見も世間の一部にあった。脳梗塞のため心身ともに意の如くにならず、達者な時の自分には戻れぬというので、みずから命を絶つというのは、同様の病いに抗して社会復帰を目指し懸命に日々リハビリテーションに励んでいる多くの人々の努力に失礼だとか、障害者は生きるに価せずという思想の表明で、障害者差別を助長する死に方だから許し難いとか、その種の冷たい否定的意見も世間の一部に行なわれた。私は、むしろただ江藤淳が可哀想でならなかった。あれほど頭脳明敏、弁舌巧者、意志強靭と見えた人の、意外の脆さの露出に驚いた。夫人の死の悲哀、それに重なる自身の病いへの悲嘆に沈んだまま、鬱の急性状態に近い姿になっていたようにも、医者でもないのに勝手な想像でそんなふうにも思った。つくづく生き抜くことのむつかしさを感じさせられもした。

平野謙がこう書いている。『芸術と実生活』に入っている「徳田秋声」のなかでこういうことを書いている。

「最近も亀井勝一郎の『島崎藤村論』の『後記』をのぞいていたら、『私生活まで意味ありげに詮索するのは邪道だろう。ただ作品を通してのみ語ろうと心がけた』とある。立派な心がけである。しかし、亀井のいわゆる『私生活』とは一体なんだろう、と不審に思ったのも事実である。ひとりの作家を通観するのは、その作家の生きかたをまなぶためである。その生きかたをまなぶ急所は、生涯における危機をいかに作家はのりこえたか、のりこえそこなったか、以外にあるまい。元来近代小説とは『危機における人間の表現』の一形態にほかならぬ、というのが年来の私の考えである。『罪と罰』も『赤と黒』もわが私小説もその例外ではない。」

小説の読み方、小説を読むことの必要、作家の生涯から何を学ぶか、といった問題には多様な考え方が成り立つ。平野謙の場合は平野謙の場合だとして右のことばを聞くとしても、私小説とそこから派生した心境小説とを区別して、私小説を「どうしようもない混沌たる危機自体の表白」と呼び、心境小説を「切り抜け得た危機克服の結語」とみなした（「私小説の二律背反」）平野謙にふさわしいことばだった、とはいえるだろう。江藤淳の場合、「生涯における危機」をのりこえそこなった、ということになるのだろう。むろん、非難の意味でいうのではない。

大江健三郎は元来、私小説の作家とはみなされていない人であった。『飼育』『芽むしり　仔撃ち』などの初期作品の示すように、小説の舞台に作者の生まれ育った現実の「谷間の村」らしい場所が用いられているとしても（しかし実際には小説の村のディテールには虚構の部分も多い）、大江健三郎の小説は、作者の虚構の想像的世界として展開されていくタイプのものとみられてきた。転機のやってきたのは、年譜（新潮社『新潮日本文学』『大江健三郎集』・昭和四十四年七月）の昭和三十八年のところに「六月、長男光誕生。頭蓋骨異常のため最初の手術をする」と記されている出来事による。まさに「生涯における危機」と呼ぶに足る出来事である。大江健三郎は昭和三十九年一月「新潮」に『空の怪物アグイー』を発表し、同年八月に書き下ろしの長編小説『個人的な体験』を新潮社から刊行した。両者は、むろん純然たる私小説ではない。最も厳密な意味で私小説を事実そのものに忠実に即して作品の題材や個々のディテールが選ばれてあるものと定義するなら、

『空の怪物アグイー』も『個人的な体験』もそういうものではない。『空の怪物アグイー』の主人公である作曲家のDは、「年末の荷物を積んだ象のように嵩高いトラック」にはねられて死ぬし、彼の話し相手ないし外出時の付添人のアルバイトに雇われていた学生の「ぼく」は、Dの死後ある日街を歩いていて「不意になんの理由もなく、怯えた子供らの一群から石礫を投げられ」、拳ほどの礫の当たった右眼が失明してしまう。これらはいずれも作者の事実ではない。かつて平野謙が田山花袋『蒲団』を私小説の始まりとする文学史の定説に異議を唱えたことがある。「管見によれば、大正二年九月、近松秋江『疑惑』を発表したとき、わが国独特の私小説形式はほぼ完璧に樹立されたのである」（「私小説の二律背反」）と説く平野謙の見解は、『蒲団』の結末を事実にあらず、フィクションであるとするところに成立している。女弟子の残していった蒲団に顔を埋めて残り香を嗅ぎ、主人公の作家がさめざめと泣く、あの締めくくりはフィクションであろうというのである。その女弟子の大学生との恋愛問題解決のために上京してきた父親は、いったん娘を郷里の実家に連れ戻すことにして、荷物の整理もすべて完了していたはずで、押入れにわざわざ蒲団だけ置き忘れていったなどということはまずあり得ない、しょせんあの結末のシーンは主人公の悲哀の深さを強調する小説的効果のための虚構ではないか、としたのである。中村光夫『風俗小説論』が『蒲団』をもって私小説の始まりとした論とそれは正面から衝突する。そういう厳密な規定を当てはめるなら、大江健三郎の『空の怪物アグイー』も『個人的な体験』も、いずれも「完璧に」私小説と呼ぶわけにはいかないであろう。だが、「わが国独特の私小説形式」とはいっても、一般に広く私小説と呼ばれるものが細部のすべてにおいて事実かどうかは疑わしい。小説的脚色を部分的に有している、あるいは不都合の箇所の意識的削除があると考えた方が現実的であろう。

ともあれ大江健三郎が「頭蓋骨異常」の長男を持った、ということそれ自体が深刻な人生上の「危機」であったことに相違はない。それが小説の切実な内発的なモチーフに高まることに不思議はない。

『空の怪物アグイー』は、『個人的な体験』に少し先立って書かれた。この作品では「脳ヘルニア」の子どもは、いわば殺されたような形になっている。銀行家の息子の若い作曲家Dはスキャンダルをまきおこしたことがある。「生まれたばかりの赤んぼうに死なれたこと、その結果、離婚したこと、また、かれがある映画女優との関係を噂されていたこと」などがそれである。大学生の「ぼく」は、その音楽家の外出の付添い役のアルバイトをする。Dの父親は「あれはいま、自分にとりついているもののことだけ考えていて、その話しかしないそうだ」といい、「わたしとしては、あれが外出先で悶着をおこして醜聞にならないよう、きみに気を配ってもらいたいと思うわけだ。あれの今後のキャリアのこともあるし、わたし自身の信用ということもある。そういうわけだ」という。「ぼく」はその役目を引き受ける。離婚したDの妻のことばによれば、赤んぼうの死のいきさつは次のようなことであった。

「わたしたちの赤んぼうは生まれたとき、頭がふたつある人間にみえるほどの大きい瘤が後頭部についていたのよ。それを医者が脳ヘルニアと誤診したわけ。それを聞いて、Dは自分とわたしとを恐ろしい災厄からまもるつもりで、その医者と相談して、赤んぼうを殺してしまったのよ。おそらくどんなに泣き喚いてもミルクをあたえるかわりに砂糖水だけやっていたのよ。自分たちが植物みたいな機能しかない（それはその医者がそう預言したのよ）赤んぼうをひきうけなければならないのはいやだ、ということで赤んぼうを死なせたんだから、それはなによりひどいエゴイズムね」

解剖の結果は、瘤はたんなる畸形腫にすぎなかった。ショックを受けたDはそれ以後「幻影」を見るようになる。「カンガルーほどの巨きさで木綿の肌着をつけた赤んぼう」が、空に浮遊していて、ときどきDの脇に降りてくる、という。彼はそれに「アグイー」と名前をつけた。赤んぼうが生れてから死ぬまでに、一度だけアグイーといったからだ、という。別れた元の妻は、エゴイズムを維持できなくなったDが、「幻影」の世界に逃避したのだ、と解釈する。人が現世を生きていくためにはなんらかの自己肯定のよりどころを必要とする。パウル・ティリッヒはそれを「存在的自己肯定」「倫理的自己肯定」「精神的自己肯定」という三つに類型化した（『存在への勇気』）。その人がそれをどの程度の自覚の強度において意識するかどうかは別にして、生きつづけるという現実は、なにほどかの自己肯定に支えられていることはたしかであろう。E・M・シオランのように、中には「生誕」そのものを「災厄」と感じる人もいるので、そういう人が青少年期に深刻な不眠の苦痛を経験したのは無理もない。「存在的自己肯定」の実感を持ち得ないわけである。生き甲斐の喪失感が深くなると、鬱病になったり自殺の衝動にかられたりするのも、「精神的自己肯定」の契機の消失と無縁ではあるまい。生きる、という現実全体は「生き甲斐」のいかんなどに還元され得ない、もっともっと巨きくて豊かなものだ、とする考え方はあり得ようが、そこまで高度の人生肯定に到達するのは容易ではない。二十年ほども前のことだが、ある詩人（その人はそのとき既に七十をいくつかこえていた）と雑談していたとき、その詩人は「生きる意味とかもいらんことでね。その人その人の役目を果していけばいい」といった。そのことばを私は忘れていないが、そうはいっても、人生の意味はどこにあるか、生きる目的は何か、生き甲斐とは何か、などなどの問題は、そういう問題の立て方自体が長い人類の歴史過程において積み重ねられてきた観念のシステムになっているから、そうした問題の立て方から私たちは簡単に自由になれないのである。その詩人にしても、おそらくは自身の老いの成長とともに「生きる意味というのもいらんことでね」という自由に達し得たのではなかったか、と思う。『空の怪物アグイー』のDが、エゴイズムを維持し得なくなったというのは、やはり「倫理的自己肯定」の根拠の崩壊のゆえであったろう。Dの元の妻であった女性の理解では、Dはエゴイズムと倫理との葛藤対立においてエゴイズムの敗北に終わった、ということになるわけである。「それで自殺したというのじゃない。幻影の世界に逃げこんでしまったというだけ。しかし、いったん赤んぼうを殺してしまった血みどろの手は、現実から逃避してもきれいになりはしないでしょうが？　手を汚したまま、アグイーなどと甘ったれているのよ」という。辛辣にいえばそうなってしまう。

しかし、大江健三郎のエッセイ集『壊れものとしての人間』のタイトルを借りるなら、人はだれでもつねに「壊れもの」になる脆さを内に抱え持っている。第三者から見れば、ほんの些細なとも見えるようなちょっとした契機によってでさえ、人は壊れ得るのである。Dは壊れた。まともな日常生活・社会生活をいとなむことはできず、かつてはいとなみ得ていたその生活に復帰する希望もほとんど見出し得ない状況にある。人はさまざまな「関係」を生きる。自己と自己との関係。自己と他者との関係。自己と自然との関係。Dにおいてはほとんど自己との関係領域以外はリアリティーを持たないかのようである。

「他人とのかかわりあいを一方的に拒んでいる、という点では電車の切符売場と改札口においてもおなじだった。かれはぼくに千円札を一枚わたしそれで切符を買うようにいい、かれの分の切符を手わたそうとしても受取らなかった。そしてかれはぼくが二人分の切符を切ってもらっているあいだに改札口をいわば透明人間のように自由な態度でとおりぬけた。電車に乗ってからもかれはおなじ車輌の乗客から空気のように無視されているというふうにふるまい、いちばん隅の空席に小さくなって坐り眼をつむってじっと黙りこんでいるのだった」

彼の身体はこの世にある。だが、彼の精神はもはや現世的・地上的な「時間」のうちがわにはいない。彼が生きているのは、もう一つの世界である。それは中原中也の「含羞」という詩の二節目にある次のような詩句に表現されているような世界である。

枝々の　拱《く》みあはすあたりかなしげの

空は死児等の亡霊にみち　まばたきぬ
をりしもかなた野のうへは
あすとらかんのあはひ縫ふ　古代の象の夢なりき

彼の見る「もうひとつの世界」には、「われわれが、この地上の世界で喪ったもの」が、「顕微鏡のなかのアミーバーのような具合におだやかに光りながら、百メートルの高みの空を、浮遊している」のだ、という。それがときおり降りてくるのだ、という。だが、その存在を感知するためには、何か「大切なもの」をなくすという「犠牲」をはらわなくてはならない、という。生れて間もない赤んぼうに死なれ、しかもその死がほとんど自分自身が殺したに等しい死だった、というのが、Dのはらった犠牲に他ならない。難問は、こういうふうになった人間ははたして現世をよく生きのびていくことができるか、ということである。

結局Dは死ぬ。クリスマス・イヴの日に、東京湾に入っているチリーの貨物船を見たい、というDの希望で「ぼく」は付き添って行くのだが、その途中にDの脇にアグイーが降りてきた。Dと幻影のアグイーとが車道に降りた瞬間に交差点の信号が変わる。「Dは立ちどまった。年末の荷物を積んだ象のように嵩高いトラックの群れが疾走した。その時だ、不意にDが叫び声をあげ、なにものかを救助するように両手を前にさしだしてトラックのあいだに跳びだし、一瞬、はじきとばされた。ぼくはただ茫然としてそれを眺めていた」とある。これが自殺なのか事故死なのかは分らない。

ただ、深刻な倫理的な過誤を犯し、現世的な「時間」の秩序から逸脱してしまった人間は容易にその現実喪失の状況から立ち直ることができない、という作者その人の恐怖の表現として受け取ればいい。Dという幻視の人の傍にいた「ぼく」も、こちら側の世界と「もうひとつの世界」との境界にいて、Dが病んでいるとすれば、その病になにほどか感染している、ということになろう。十年後の春のある日、街を歩いていて「ぼく」は「不意になんの理由もなく、怯えた子供らの一群から石礫を投げられた」のである。拳ほどの石が右眼に当たり、右眼がほとんど見えないという災難に遭う。子供らの一群が怯えたのには「なんの理由もなく」ではなく、理由はあったにちがいない。「ぼく」の周辺に漂う気配――つまり、「もうひとつの世界」の気配を子供たちは敏感に感じとって怯えたのであったにちがいない。

この悲劇的な結末に対して、『個人的な体験』の主人公鳥《バード》は、いったんは堕胎医に赤んぼうの始末を頼んで、大学時代の同級生だった火見子とアフリカへ脱出しようとするのだが、その火見子との約束を捨てて、赤んぼうを育てる責任を引き受ける決意に達するのである。火見子はこの作品において、いわば反日常的・反市民的・反社会的・反倫理的な存在として登場し、その姿勢は終始一貫かわることがない。彼女もまた、生の危機に直面した人間の一人である。結婚生活が夫の自殺によって悲劇に終わった女性である。「なにか大切なもの」の喪失を経験した女性である。『空の怪物アグイー』の音楽家のことばを借りるなら、「この現実世界で見喪って、それを忘れることができず、それの欠落の感情とともに生きている」女性に他ならない。そういう女性であればこそ、失意のどん底におちいっている鳥《バード》に救いの手を差しのべようとする無限のやさしさを示しもする。それは、しかしまっとうな社会生活の場に復帰することのできなくなった、なにかの喪失と引き換えに彼女の体得したやさしさである。もはや社会生活の場での尋常な営みへの復帰は叶わぬと諦めた女性であればこそ、鳥《バード》の心変わりを知って、「植物みたいな機能の赤んぼうをむりやり生きつづけさせるのが、鳥《バード》の新しく獲得したヒューマニズム?」と嘲弄し、また「ああ、わたしたちのアフリカ旅行の約束はどうなるの?」と激しく啜り泣くのでもあった。その反倫理・非日常の「時間」への投身の覚悟の深い徹底において、鳥《バード》は火見子に遠く及ばない。

だが、鳥《バード》にはまた彼の翻意の根拠があった。「ぼくは逃げまわって責任を回避しつづける男でなくなりたいだけだ」というのである。赤んぼうは脳ヘルニアではなく、たんなる肉腫と分る。手術は成功した。

「この現実生活を生きるということは、結局、正統的に生きるべく強制されることのようです。欺瞞の罠におちこむつもりでいても、いつのまにか、それを拒むほかなくなってしまう、そういう風ですね」

これが彼の結語であり、同時にまた作品自体の結語でもあるようだ。『個人的な体験』の発表されたとき、そういう結末について否定的な批判をする人は少なくなかった。『個人的な体験』は第十一回新潮社文学賞を受賞したが、七人の選考委員の大半が結末に対する疑義を提出しているのは、少し異様にみえる。「結末には飛躍もしくは腰くだけがあって、破綻している」(河盛好蔵)、「悪くいえば、この作品は道徳小説」である（中島健蔵）、「受賞作に対して文句をつけるのは失礼だが、最後の第十三章の、主人公の心の転換ぶりは実に安易である。その死を願っている畸型児の生を受けとめ、それは同時に主人公の新生をも暗示してゐるらしい結末の描写には、大江氏の宗教的あるひは道徳的怠慢ぶりが露出してゐる。まことに遺憾なことである」（亀井勝一郎）といった調子の否定論である（「新潮」昭和四十年一月号）。三島由紀夫も「週間読書人」（昭和三十九年九月十四日）の書評においてこの結末に言及し、「暗いシナリオに『明るい結末を与えなくちゃいかんよ』と命令する映画会社の重役みたいなものが氏の心に住んでいるのではあるまいか？　これはもっとも強烈な自由を求めながら、実は主人持ちの文学ではないだろうか？」という厳しい疑問符を突きつけたのである。ここに「主人持ち」というのは、中島健蔵のいう「道徳小説」とほぼ同義とみていい。純文学にハッピー・エンドは似合わない、という通念のようなものが抜き難く文壇には存在していた。それは、大江健三郎自身、「もうひとつの『個人的な体験』」というエッセイ（「文芸」昭和四十年二月号）で、「このパブリック版の結末が、愚かしい、あるいは安易なハッピー・エンドだという非難はいわば僕の小説についての定説となった。それは現代文学の分野で、ハッピー・エンドがいかに憎悪すべき敵とみなされているかを、あらためて教えてくれるものであった」と慨嘆せざるを得ないほどのものであった。

主人公の達した一応の結語らしいもの、そのセリフにあった「強制されること」「拒むほかなくなってしまう」という語調にこもる憂鬱の響きには注意が払われねばならない。長い暗い隧道をくぐり抜けて、ようやく青く広い空の下に出たという、晴れ晴れとした肯定感や解放感はその語調には感じられない。余儀なくそうする、そうせざるを得ない、というニュアンスの方がむしろ濃くにじんでいるかのようである。ハリウッド映画的ハッピー・エンドと同じに扱うわけにはいかない。同時に私は、鳥《バード》がゲイ・バーで火見子と菊比古と飲んでいる時に、突然彼の体の奥底から噴き出してくる、ある巨大な力を感じ取る場面にも注目したい。

「そこで鳥《バード》はその永かった一日の、最初のウイスキーをひと息に飲みほした。数秒後、突然に、かれの体の奥底で、なにかじつに堅固で巨大なものがむっくり起きあがった。鳥《バード》はいま胃に流しこんだばかりのウイスキーをいささかの抵抗もなしに吐いた。菊比古が素早くカウンターをぬぐい、コップの水をさしだしてくれたが、鳥《バード》は茫然として宙を見つめているだけだった。おれは赤んぼうの怪物から、恥しらずなことを無数につみ重ねて逃れながら、いったいなにをまもろうとしたのか？　いったいどのようなおれ自身をまもりぬくべく試みたのか？　と鳥《バード》は考え、そして不意に愕然としたのだった。答は、ゼロだ」

彼が大学病院に赤んぼうをつれ戻して手術を受けさせると決意し、それを火見子に告げるのは、この直後である。主人公のいわば「回心」ともいうべきものを倫理の次元の概念で説明することもできなくはないだろう。だが、それ以前に、もう少し原始的なといえばいいか、理性的に統御して静かな安定の状態に自己を保持するのがむつかしくなるような、原始的なエネルギーともいうべきものが彼にはあって、なんらかの契機で一気にそれが噴出する、そういう強い力でのはたらきの方がむしろ重要な役割を果たしているのではないか。作品の始まりのところで、鳥《バード》が「竜の刺繍のジャンパーの若者たち」にまったく人気のない、闇の路上で襲撃される場面が出てくる。殴られ、倒れ、唇の裂けた鳥《バード》は、しかし若者たちの中の最も屈強な男が力まかせに殴りかかってくる時、「頭をさげ腰をひくと、若者の腹に向って牛のように猛然ととびこんだ」のである。敵は喚き声をあげ、胃液を吐いて倒れる。「闘争の喜びが、かれに蘇っていた」とある。この屈強な若者の腹に「猛然」と飛び込んでいった力の噴出と、「突然に、かれの体の奥底で、なにかじつに堅固で巨大なものがむっくり起きあがった」のとは、根において同じエネルギーのものではないか。それは時と場所とによって、つまり条件のいかんによっていったいどのような方向にむかうのか定かでない、という意味では非常に危険なエネルギーの包蔵でもある。生命的な激しさとは、もともとそういうものではないだろうか。三島由紀夫は、『個人的な体験』のラストは「芸術作品としては『性的人間』のあの真実なラストに比べて見劣りがする」（前記書評）とした。『性的人間』のラストとはどのようなものであったか。主人公のJは「自分を核とした自分流の性の小世界」を生きている既に三十歳になる男である。その「性の小世界」とは、作品の前半においてはホモセクシュアルであり、また後半においては痴漢行為に無上の快楽を見出すというものである。『性的人間』の発表されたのは昭和三十八年（「新潮」五月号）であり、つまり『個人的な体験』のほぼ一年前の作品ということになるが、その当時ホモセクシュアルは現在とは比較にならぬほどの偏見をもって社会的には眉をひそめるふうにして眺められていたと思う。異常性愛であり、倒錯した性であるとされていたと思う。彼の最初の結婚は、自分が異性愛者であることの、社会に向けての外装にすぎなかった。それを知った妻は自殺した。そのJが鉄鋼会社の経営者である父親に諭され、まっとうな社会人として生きるべく痴漢行為をやめると決意するのだが、決意といっても父親の説得への、それは「屈服」として意識されている。ここは『個人的な体験』の主人公が火見子とのアフリカへの脱出を諦め、赤んぼうの父親としての責任を背負う覚悟を持ったのが、「正統的に生きるべく強制されることのようです」というのと変らない。Jはまっとうな社会人として送ることになる自分の日常生活について「自己欺瞞の順応主義者の新しい生活」と感じる。彼が「多忙で有能なサラリーマンのようにきびきびと肩をふって歩いて」みても、身につかぬ、にわか仕込みの姿にすぎない。Jは父親の社長室を出て、その後地下鉄の混雑する車両に乗る。そして「眼を硬くつむり雉子のように肥って抵抗感のある娘の尻のあいだのひめやかに熱い窪みに裸の性器をくりかえしこすりつけた」のである。「数人の腕がJをがっしりとつかまえた」。

この結末は『個人的な体験』のそれに比べると、たしかに精神の向うベクトルが違っている。反社会・反倫理・反秩序の世界にこそ「真実」があると考える人は、三島由紀夫のように『性的人間』のラストにこそ芸術の芸術たるゆえんありとするであろう。『個人的な体験』のラストを社会・倫理への「屈服」ともみなすであろう。だが、と私は思うのだが、生命的なもののエネルギーはそれ自体の内部にどこに向うか、じつはいっこうに定かでない、豊かな熱い混沌を包蔵しているのではないか。鳥《バード》が「体の奥底で、なにかじつに堅固で巨大なものがむっくり起きあがった」と感じるのは、その強い生命的なエネルギーを指しているのではあるまいか。倫理という概念に抽象化される以前の生命的なもののはたらきであり、蠢動であると思われてならない。人生上の深刻な危機に直面したとき、どのようにしてそれを乗り越えるのか、あるいは乗り越え損なうのか、その岐路はさまざまだろうが、その人に備わる生命的なものの混沌の質量の力が問われるのではあるまいか。

宮野光男

マリアを書く作家たち

——椎名麟三「マグダラのマリア」に言い及ぶ——

高橋和巳は、第二次世界大戦後の日本文学の状況を解説した文章（「戦後文学の思想」『戦後日本思想体系』一三　昭四四・二　筑摩書房）のなかで、武田泰淳のエッセイ「女について」（昭二三・八　原題「作家を救うもの」）のなかの、〈作家は一人残らず「女、女、女」と想いつめている。女が書きたい、書かねばならぬ、完全に女を書きあげなければ、死んでも死にきれない、と考えているものである〉に触れながら、〈「女」が作家にとって救いであるのは〉〈無限に開かれるのを待つ人間実存であり、男である作家が次から次へと未知の自己を開いて行く、無数の鍵〉だからである、つまり〈異性は作家にとって自己開示の鍵〉なのだ、と述べている。

おそらくこれは、〈戦後〉の状況に限定されるものではなく、文学に女性を描き続けている作家たちの営みのなかに秘められた基本的願望を位置づけた表現として示唆に富んでいるということができよう。作家たちは作品に女性像を表現するにあたって、その表現のリアリティーを求めて苦悩しているとも言えよう。聖書のなかのマリアたちが、そのための表現のひとつの可能性として、文学をはじめとする諸芸術のなかで取り上げられてきた長い歴史がある。(1)

文学のなかのマリアたちを取り上げるということは、対象となる個々の作家について考察をすすめる場合、それは、作家の女性論であり、作品分析における女性像の追求としての展開のなかで位置付けられることにもなるのであるが、このことは、換言すれば、近代日本文学におけるキリスト教の受容と定着の考察を、その女性像の追求のなかで、聖書のなかの女性たちのうち、とくにマリアたちの形象化の過程の分析を通して試みるということにもなる。そして、現代という時代が、

ニーチエが「神は死んだ」と言って以来、ヨーロッパ人の精神の内部には、絶対者としての神が存在していないわけですが、それにもかかわらず、生活様式の中には、依然、形態としての信仰が残っているわけです。アランの言葉を借りると「頂上のないピラミッド」ということになります。現在のヨーロッパ人は、この見失った頂上を求めている。それを「ないマリア」信仰だと言ったわけです。(宗左近「シンポジウム・詩とは何か」　現代詩鑑賞講座第一巻『詩とは何か』昭四四・四　角川書店)

という指摘があるように、それは〈「ない愛への希求」といいえかてもいい〉ものであり、マリアが、作家たちが求めてやまぬ愛の可能性のひとつの表現だということができるのである。もちろん、

ここで言われているマリアは、イエスの母マリアであろうが、広義にはマリアたちなのである。

たとえば、矢代幸雄の名著『随筆ヴィナス』（一九七四・二　朝日選書）は、ギリシャの彫刻から近代絵画のひとつゴーギャンの「タヒティの女」までをも、〈ヴィナス〉の歴史のなかで捕らえようとした絵画史で、人間の女性美に対する憧れをみごとにとらえている、たいへん示唆に富んだエッセイであるがそのなかで氏は、ヴィナス画家としてよく知られているボッティチェリについて、〈ヴィナスを描けば聖母の表情が映り、聖母を描けばまたヴィナスの幽艶が纏綿として離れないボッティチェリは、かれ自身マグダラのマリアだったのであろうか〉と述べているところがある。つまり、〈ヴィナスと聖母とを一人の女性に混ぜたようなマグダラのマリアの芸術的描出に、多情多恨なるボッティチェリの天才こそ最も適合せるを、ふと考えさせられたこともあった〉、というのである。

これは、〈聖母マリア〉を描いてヴィナスの面影を伝えたと言われているボッティチェリにとって、マグダラのマリアが両義性をもった魅力的な女性像であったように、作家にとっての夢は、イエスの母マリアの面影をとどめながら、なおそれとは対蹠的な、イヴの末裔としてのマグダラのマリアとの間を揺れ動く女性を表現することであることをみごとに表現していることになる。ルネッサンス、それは単なる肉体美の復活ではなく、人間の内面の苦悩を無視することのできない事実を、解放された人間像をとおして描き始めた時期でもある。それは、すでに単純な聖性もまた存在しえない時代でもあったことを意味している。つまり、憧憬の対象としての聖性と、人間の内奥にひそむ苦悩——否定性との同時的存在の表現としてのマグダラのマリアが描かれる必然性をみることのできる時代でもあったのである。

このように、作家たちは一方では憧憬の対象としての聖母を描き続けていると同時に、もっとも人間的な危機状況を、限界状況を託しうる存在であり、〈すべての女性のなかに〉ひそんでいる〈イヴ的なものと聖母的なものとの間を〉さまよった女、愛の完成を求めて苦悩する人間の象徴としての〈両義性の女〉マグダラのマリアを描き続けているということなのである。

〈聖母マリア〉を描いてヴィナスの面影を伝えたと言われているボッティチェリにとって、マグダラのマリアが両義性をもった魅力的な女性像であったように、作家にとっての夢は、イエスの母マリアの面影をとどめながら、なお個性的な存在であるところのマグダラのマリアを表現することであるにちがいない。

＊

イエスの母マリアがひとつのまとまりを持った存在として姿を顕すのは「黄金伝説[2]」であろう。文学作品としては、古くはダンテの「神曲」のなかの聖ベルナルドの「マリア賛歌」がある。また、リルケの「聖母マリア」も忘れることのできない文学的形象のひとつである。もちろん、これらのものが新約聖書正典のイエスの母マリアの範囲を越えたものであることはよく知られていることである。そのようなイエスの母マリアが諸芸術において表現の対象になって来たことについては、周知のことである。日本においても、それはまず南蛮文学[3]の系譜の中に位置づけることが出来ることとして表現されてきた歴史があることもまたよく知られていることであるが、独立した人格を持った存在として表現されるようになったのは、そう古いことではない。

それに対して、マグダラのマリアもまた「黄金伝説」の世界を通して普遍化し日常化したのであろう。文学的造形の初期のものとしては、Thomas Robinson, The Life and Death of Mary Magdalene, a legendary poem in two parts, about A. D. 1620 (Early English Text Society Extra Series, LXXVIII) が知られているところであるが、その近代文学への登場のひとつの例として、メーテルリンク「マグダラのマリア」などをあげることができる。

もちろん、それぞれのマリアたちが、独立した存在として表現される世界もあるが、文学、芸術の世界においては、形象されているマリアたちは、聖書のなかの魅力的な女性たちが渾然一体となった両義性の女として表現されてきたのであるし、むしろマグダラのマリアをその代表的な存在として形象することに多くの興味を示してきた歴史があるのではないだろうか。

衰老落魄の女性を語って人生の無情を思う日本文学の伝統の枠を破り、しかも聖女伝説の枠を越えた人間マグダラのマリアを、近代日本文学の作家たちがいかに、自らの表現のなかに捉らえ、生かし、そこから独自の女性像を形象したかを考察することは興味深いことであるが、そのためには、イエスの母マリアの場合と同様に、ヨーロッパの、キリスト教の伝統のなかで、聖女伝の系譜に属するマグダラのマリアが、聖書文学の人物から、いかに近代文学の人物になり得たかを、その歴史的展開のなかで、具体的に、それぞれの作品を通して明らかにし、その影響関係を考察してゆかなくてはならないのである。[4] そのためには、たとえば、日本の近代文学に大きな影響を与えたと思われるJ・Eルナンの『イエス伝』に描かれているマグダラのマリアの影響についての考察も、間接的ではあるがひとつの有効な方法であろう。[5]

近代日本文学における具体例については、田中千禾夫が「贋方丈記　うつりゆくよしなしごとであってはなりません」(「新劇」昭五四・一二)で、アレクサンドル・デュマ描くところの「椿姫」のヒロインのマルグリイトが、〈ルカ伝とヨハネ伝とに登場するマグダラのマリアと〉同一人物であることに注目し、一方では、それが日本で小山祐士によって翻案脚色され、昭和五十一年六月、松竹三四周年記念現代演劇大合同と銘打って翻案の『椿姫』が歌舞伎座で上演されたとき、もののみごとに宗教性が見落とされ、断ち切られてしまったことを指摘しながら、他方、日本の作家たちが、彼らの作品のなかでマグダラのマリアをどのように取り上げているかを、椎名麟三『私の聖書物語』(昭三一・二　中央公論社)、小川国夫『或る聖書』(昭四八・九　筑摩書房)、曽野綾子『私を変えた聖書の言葉』(昭五三・一二　講談社)、矢代静一『聖書・この劇的なもの』(昭五四・三　主婦の友社)、田中澄江『新約聖書の女たち』(昭五五・一一)、などに触れながら比較しているところがあるが、これが、期せずして現代のキリスト教に関係のある作家たちのマグダラのマリア観の比較検討になっている。これらのものの詳細は後章に譲るとしても、とにかくこのエッセイで取り上げられているそれぞれの作家たちが、彼らの形象している女性像たちの原像としてのマリアたちを、どのようなかたちで取り上げているかを知ることができるものであり、このエッセイはたいへん示唆に富んでいる。

もち論、この他にもとりあげるべき作家は多い。たとえば、有島武郎の描いた葉子が、伝説の世界に生きている姦婬の女の血脈を引く女として形象されていることもそのひとつであろうし、太宰治の〈陋巷のマリア〉、ポール・クローデルの「マリアのお告げ」や、ルイーズ・ラベのソネットに触発されて形象された堀辰雄の〈曠野の女〉、遠藤周作『聖書のなかの女性たち』（昭三五・一二）のマリアたちや〈母なるもの〉、矢代静一の〈あやかしの女〉、あるいは森内俊雄の描く非現実の〈狂気の女〉、さらには高橋たか子の〈なる女〉なども、マグダラのマリアの日本文学における形象化の一つの試みと言うことができるのではないだろうか。その意味では、作家たちの描く作品中の女性像が、ヴィナスか、マリアかという問いは、正確にはもはや意味を持ち得ないのであろう。現代作家の描こうとしている女性像は、そんなに単純なものではなく、両者の本質をあわせもったマリアたちだ、ということになるからである。

＊

年代的には遠藤周作の先輩作家椎名麟三も、マグダラのマリアについて触れている作家のひとりである。このことは、これまでにあまり話題にはならなかったので、少々触れておくことにしよう。このことを通して、作家たちのマグダラのマリアの取り上げかたや、その意味について知ることができると思われるからである。

椎名が直接マグダラのマリアにふれているものはエッセイ「マグダラのマリア」（昭二九・二）である。これは、小説だといっても通用しそうな作品であるが、作家自身はこれが小説として十分に熟していないとの思いがあってであろうか、エッセイとして位置づけているのである。このエッセイが小説のための素描として位置づけられているかいなか、ということは、作品創作上の問題であると同時に理解（解釈）の上での問題点でもあろう。いずれにもせよ、作家がマグダラのマリアを自らの作品の中に取り上げると云うことは、女性像形象のための基本的な姿勢を示しているのであるが、椎名の場合、それが本人には小説として認知されていないエッセイのなかにまず登場する女性だというのは、人物造形上の手法の問題としても、椎名のマグダラのマリアに託した思いが何であったかを推測できるという意味でもはなはだ興味深いことである。

太陽は、何万年前と同じように、そして何十万年前と同じように、飽きもせず地球の東から出て来て、天空を西へ動いていた。

エッセイ第一章はこのような書き出しで始まっている。まるで、カミュの「異邦人」の〈太陽〉を思わせるような書きぶりであり、このところに作家の自然に対する、換言すれば人間に対する基本的な姿勢の提示部分であるという意味で示唆に富んでいる。

マグダラのマリアは、時には〈ロマの兵隊〉だったり、〈羊飼い〉だったりと、貧しい人々を相手に春をひさぐ、聖書で云うところの〈罪の女〉である。そのことは彼女自身じゅうぶんに自覚していることである。そして人々からはまるで物のように扱われている。彼らが彼女を〈ぼうぎれのように振りまわし〉、彼女が〈ぼうぎれのようではないといっておこりながら、そのとおりにすると、人間のようでないといって、ぶった。そしてデオリ《ママ》銀貨一個〉だというのである。

彼女は〈マグダラから追われて、この鞣革の職人の多い裏町に住んだ〉女で、水をくみに行くにもひどい病にかかった男のあとを隠れるようにして歩かなくてはならないのだという。これは、聖書に云う〈サマリヤの女〉（「ヨハネによる福音書」四章一～二六節）の面影を見ることができるところである。また、遊んでいる子供たちは、〈人間の顔以外の何者の顔〉でもない顔の彼女を遠巻きにしながら、〈悪鬼がとりついている〉女であると人々が言っているのを不思議そうに、悲しそうに溜息をつきながら眺めていた、と書かれているのは、聖書に云う〈七つの悪霊〉に憑かれた女マグダラのマリア（「マルコによる福音書一六章九節」、「ルカによる福音書」八章二節）の椎名的表現だということができる。そして、〈（わたしは死ねないからこうした暮らしをしているんだわ）〉と心中に〈呟く〉女であるということは、「深夜の酒宴」以来、椎名の存在を根底的に支配している虚無にむしばまれている人間の状況認識であり、先の、ものとしての自己認識同様、椎名自身の自己認識を表現したものであることは云うまでもないことである。

マグダラのマリアは、〈生まれ故郷〉がマグダラで、近くにあるテベリア湖で水浴びをしたこともあり、あたりにはレバノン杉が生い茂り、時には〈その杉の木の上に上ることさえ出来た〉〈幸福な〉〈少女時代〉もあったという。もちろん、正典聖書にはマグダラのマリアの少女時代のことなどは記されていない。これはあくまでも作家の創作であるが、このような女性の一代記のなかでの位置づけは、『黄金伝説』に見られるように、マグダラのマリア伝説の生成発展のプロセスにおいて行われてきたことである。矢代静一もエッセイ『聖書――この劇的なるもの』のなかで少女時代のマグダラのマリアにふれているが、人物造形上の〈少女時代〉は、原形としても、比較の対象としても興味深いことである。

聖書にはこのマグダラのマリアが〈イエスによって癒された〉女だと記されている。つまり〈七つの悪霊〉という、人間としてはすべての罪を背負っている、換言すれば絶対的な否定的状況におかれている人間が、イエスによって完全に快復せしめられたというのであるが、作品の世界ではそのことが、具体的にリアリティを持った存在の出来事として表現することが出来ているか、ということが問われていることになる。つまり、〈死ねないから生きている〉ものから、いかにして椎名がいうところの〈死んだもののように生きている〉もの、つまり〈そうでありながらそうでない〉という〈二重性〉において捉えることの出来る(『懲役人の告発』ノート」昭四八・七～九)者へと変身を遂げるかということが、作品世界において十分に表現されているか、ということが問題になるところである。

羊飼いと一夜を過ごしたことを〈パリサイ派の人たち〉に見つかってしまったマリアは、姦淫の罪を犯したものが受けなければならない〈石打の刑〉を受けるべく、エルサレムの宮殿の広場に引き立てられて行く。

そこで繰り広げられるのは、「ヨハネによる福音書」八章一節から十一節に記されている姦淫の女の場面である。つまり、椎名は、先に述べた聖書のなかのさまざまな女性たちを同一人化した女性としてのマグダラのマリアを、さらに姦淫の女としてイエスの前に引き出されるという屈辱を与えられた女とするという伝統的な手法を用いて表現しているのである。

イエスの前に引き出されたマリアの胸中に去来する思いは、隣人愛を慫慂するイエスの教えが、なぜか〈片手落ちのような気がした〉ことである。なぜならば彼女の愛は、隣人たちによって拒絶され続けてきたからである。〈隣人を愛せよといったって、隣人の方で愛させてくれないのだ〉、というわけである。

愛を拒絶され、孤独と絶望の中に生きなければならないマリアの空虚な生が、じゅうぶんに語れることによって、この作品がエッセイではなく小説としての肉付けがされたものになるのだが、このあたりの表現が、小説としては不十分なことが、椎名をしてこの作品をエッセイとしてとどめさせている原因ではないかと思われなくもない。

以下エッセイ第一章の後半の部分に、「ヨハネによる福音書」の第八章〈姦淫の女〉の石打の刑執行を迫るパリサイ派の人々によるイエス追求の場面が展開する。

「あなた方のうちで、罪のないひとが、まずこの女に石をなげなさい」
「誰も罰しなかったんですか?」
「はい」「誰も……誰も、ひとりもありません」

場面展開において要となっているイエスの言葉は聖書の叙述のとおりであるが、たいへん印象的である。そのときのマリアの心情を、椎名は〈身体に戦慄がつらぬいた。その戦慄は光のようだった〉、〈そして、彼女は自分のなかの何かがぐらりとかわってしまい、別の女になっているように感じた〉というのである。

「わたしもあなたを罰しません。……帰んなさい。今から決して罪をおかしてはいけませんよ」

というイエスの言葉に対して、〈罪をおかさずに暮らすなんて彼女は不可能だった〉から、〈その彼女の首は、頭のなかに重い心配でもつまっているようにうなだれていた〉。〈それにもかかわらず、彼女は、自分の胸のなかに、生まれてはじめて生々と動いている強い火を感じていた〉、彼女はそれを〈愛だと思った〉と書いている。

（わたしは、あの人を愛しているんだわ）とマリアはしわがれた声で呟いた。

愛の拒絶の現実のなかにあって、孤独と不安に苛まれながら生きていたマリアにとって、それは大きな変化だということが出来る体験である。

＊

椎名はエッセイの後半部第二章において、椎名の世界に生きるマグダラのマリアをみごとに表現している。

相変わらず、罪の女としての生活をしていたマグダラのマリアであるにもかかわらず、男たちから〈どこかちがう〉と思われるようになる。それは、〈男と一緒のベッドのなかに寝ているときでさえも、まるで彼女を激励するように、ひとりの男の姿が、絶えず思いうかび、その男のいった一つの言葉が、絶えず耳にひびいていた〉からである。

（今から決して罪をおかしてはいけませんよ）

マリアは、相変わらず罪の女のような生き方をしてイエスの言葉に背いて生きているにもかかわらず、〈罪なんか問題にならないような、何か特別な生命力をあたえられている、何か特別な人間になっているような気がする〉、〈生まれてはじめてこの世に生まれて来た喜びを感じ、自分が人間であることの幸福を感じた〉のである。

死にたいなどと考えていた自分となると、噴き出したいほどおかしかった。その彼女の胸には、火でも点ずるように、あの男の言葉が思いうかんでいた。

（わたしも、あなたを罰しません）

いつの間にか、織物工場で働いているマリアは、貧困にも耐え、つましい生活のなかから捻出した金でナルドの香油を購い貯めていく女になっている。その彼女を支えているのは、（わたしも、あなたを罰しません）というあの男の言葉である。

かつては、悪鬼がついている、といっていた子供たちはマリアを、〈眩しいものであるように見る〉ようになっている。工場でけがをした仲間の傷の手当をしてやると〈ありがとう〉という返事がかえってくるではないか。いままで、マリアを見れば、〈唾を吐く鞣皮の職人へ、お早うございます、と挨拶をしたとき、職人は、苦い汁でものまされたようなむずかしい顔をしながらも、お早うと挨拶をかえしたではないか〉。

愛を拒絶され、関係快復の可能性を絶たれてしまった現実から、愛の不可能を思わなくてはならなかったマリアは、いまや愛の可能性を実感することが出来るようになっているのである。〈彼女の世界は、ふいにかわっていた。彼女は、いままで、自分がこの世のなかに対して、ひどい誤解をしていたような気さえしていた〉のである。つまり、この世の中は〈自分が考えていたよりも、ずっとやさしいものであり、変えようとして変えられないものでないことを知った〉のである。このマリアが、〈人間は変わることが出来るのだ〉という古里安志の女性版とも云うべき存在であり、〈彼女は、その自分の目から、鱗が落ちた、という風に考えた〉のは、パウロの体験（「使徒言行録」九章十八節）をその背後に見ることが出来るところである。

二年後。マリアは盗賊バラバが出没して旅人を苦しめているという怖ろしい噂をものともせず、彼女の全財産であるナルドの香油の壷をもって、ベタニヤ行きを敢行する。シモンの家にたどり着きイエスに再会したマリアは、このところで、罪の女もしくはベタニヤのマリアの役割を演じるのである。

そこには、頭にではなく、足にナルドの香油を注ぐマリアが描かれている。これは、「ヨハネによる福音書」（十二章三節）に記載されているベタニヤのマリアか、これに類似した記事で、「ルカによる福音書」（七章三十八節）の〈罪の女〉の行為であるが、このことはマリアが罪の女であると同時にベタニアのマリアであることを示しているのであり、ここでも、椎名のマグダラのマリアが、聖書のなかの何人かの魅力的な女性たちを総合し、同一人化された伝統的なマグダラのマリアが表現されていることになる。

イエスの、マリアの行為に対する弟子やまわりのものたちに対する弁明は、〈いいことをしてくれたのだ〉、〈葬いの準備をしてくれたのだ〉、〈このことは、長く記念されることである〉というもので、このあたりは聖書の記述の通りである。しかし、マリアにとってはそれが〈何が何やら、さっぱりわからなかった。だが、イエスのことばだけが、あの曖昧さのなかで、くっきりとうかんでいた〉とあるように、それ以後のマリアの生活の基盤となっていることを示している。つまり、いま生きていると実感できる人間としての生命は〈イエスから与えられたもの〉なのだ、というのである。それが、存在の、あるいは行為の根拠として〈彼女の心のなかに生きているイエス〉、と表現されているのである。つまり、〈生きているのは、もはやわたしではありません。キリストがわたしの内に生きておられるのです〉（「ガラテヤの信徒への手紙」二章二十節）というパウロの告白が、マグダラのマリアの現実となっていることを示しているのである。

その後、あまりのショックに、ひとたびは病んでしまったマリアであるが、徐々に健康を取り戻し、ふたたび織物工場へつとめはじめたのである。ここには、日常性を快復したマグダラのマリアの姿がみごとに表現されている。その彼女を支えているものがイエスの言葉であることが、繰り返し書かれている。そして、最後に、イエスの十字架と復活に遭遇したマグダラのマリアについて、椎名は以下のように書いている。

イエスは、間もなく十字架上で死んだ。だが、三日目によみがえるというイエスの言葉を、弟子たちからもれ聞いて信じていた彼女は、イエスの母のマリアたちとともに、イエスの死んで三日目の夜、おろかにも、墓の前でそのイエスを待っていたのだった。そして、どうもはなはだ残念なことであるが、イエスは、彼女の信じていた通り復活したのである。彼は、彼女たちの前にあらわれると、にこにこしながら、彼女たちへいった。

「御機嫌よう！」

かつて、〈ユートピア〉として提示されていた人間関係、〈にこにこしながら、おはようございます、いいお天気ですね〉（「ユートピアについて」昭二三・六）と挨拶し合うことに象徴されているユートピアが、いまやイエスとの関係においてみごとに実現したことを、椎名はこのように簡潔に表現しているのである。もちろん、そのことが可能になるのは、イエスの言葉に支えられているからであることは云うまでもない。エッセイ最後の〈「御機嫌よう！」〉というイエスの呼びかけの言葉は、まことに象徴的なのである。この表現の背後には、復活のイエスに出会ったマグダラのマリアたち幾人かの婦人たちの体験、

大いに喜び、急いで墓を立ち去り、弟子たちに知らせるために走って行った。するとイエスが行く手に立っていて、「おはよう！」と言われたので、婦人たちは近寄り、イエスの足を抱き、その前にひれ伏した。（「マタイによる福音書」二十八章八〜九節）

があるに違いない。

椎名が自らの復活体験を語るとき、いつも引き合いに出すのは「ルカによる福音書」第二十四章である。そこでは人間であると同時に神であるという二重性が、イエスの復活を通して表現されていることが熱い思いをもって語られているが、その関係の中で人間としていかに生きることができるかを人間の側の証人として表現されているひとつの例がこの「マグダラのマリア」なのである。なかでもマグダラのマリアは、バラバ、ペテロ、パウロたちとともに、いやそれとはまた異なった存在として、紀元二世紀以来、新約聖書外典、伝説、絵画、文学などの芸術世界において語り伝えられていることは周知のことなのである(6)。

多くの作家たちがマグダラのマリアを取り上げるのも、椎名同様、彼女に人間の問題を託することの出来る魅力的な女性像だと思うことが出来るからであろう。しかも、マグダラのマリアに託された大切な役割が復活の証人であることは、四つの福音書とも触れていることであるが、このことによって、椎名の復活体験表現に新しい可能性を付け加えることも出来るように思われるところである。

一人の女性の一代記の前半の部分として書かれているこのエッセイが、人物造形上の彫琢を経ることによって、すぐれた小説になることは疑いないところである。イエス・キリストとの出会いの内的必然性を克明に描くことによって人間の地獄に呻吟する現実を活写する可能性をみることができるところであり、イエス・キリストの言葉によって生かされている人間に表現を与えることによ

郵便はがき

料金受取人払

神田局承認

5458

差出有効期間
平成19年6月
9日まで

101-8791

504

東京都千代田区猿楽町2-2-5

笠間書院 行

■ 注 文 書 ■

○お近くに書店がない場合はこのハガキをご利用下さい。送料380円にてお送りいたします。

書名　　　　　　　　　　冊数

書名　　　　　　　　　　冊数

書名　　　　　　　　　　冊数

お名前

ご住所　〒

お電話

ご愛読ありがとうございます

これからのより良い本作りのために役立たせていただきたいと思います。
ご感想・ご希望などお聞かせ下さい。

この本の書名＿＿＿＿＿＿＿＿＿＿＿＿＿＿＿＿＿＿＿＿＿＿＿＿

本読者はがきでいただいたご感想は、お名前をのぞき新聞広告や帯などで
ご紹介させていただくことがあります。何卒ご了承ください。

■本書を何でお知りになりましたか（複数回答可）

1. 書店で見て　2. 広告を見て（媒体名　　　　　　　　　　）
3. 雑誌で見て（媒体名　　　　　　　　　　）
4. インターネットで見て（サイト名　　　　　　　　　　）
5. 小社目録等で見て　6. 知人から聞いて　7. その他（　　　　　　　　　　）

■小社PR誌『リポート笠間』（年1回刊・無料）をお送りしますか。

はい　・　いいえ

◎はいとお答えいただいた方のみご記入下さい。

お名前

ご住所　〒

お電話

ご提供いただいた情報は、個人情報を含まない統計的な資料を作成するためにのみ利用させていただきます。また『リポート笠間』ご希望の場合は、個人情報はその目的（その他の新刊案内も含む）以外では利用いたしません。

って、類い希な人間像を形象することが出来ることになるが、これこそまさに聖書的人間の文学化ということが出来よう。椎名にとってこの場面に表現を与えることが、最大の関心事であり、また最大の喜びでもあったはずである。

それがまだ小説としては十分に熟したものではないと椎名自身が判断したために、この作品はエッセイとして位置づけられているのであろう。いずれにもせよ、このエッセイによって顕わにされている問題点は、椎名文学だけではなく、文学一般の本質に関わる基本的なものであり、示唆に富んだものだということができそうである。

【付記】このたびの公開講座のテーマからすれば、なお森内俊雄、矢代静一、高橋たか子などを取り上げなくてはならないのであるが、定められた紙幅も尽きたので、機会を改めてと思う。

注

(1) トーマス・インモース、三浦安子・伊藤紀久代共訳「聖母マリア―その主題と変奏」『講座比較文学』七、東大出版会　昭四九・四)

(2) 一三世紀のドミニコ会士ヤコブス・ア・ヴォラギネ(一二三〇頃―九八)が編んだラテン語散文で書かれた聖者伝。分量は、新旧約聖書に匹敵する。日本でも、早くも一五九一(天正一九)年、『サントスの御作業の内抜書』として刊行され、一九八七年、前田敬作らによって、ラテン語からの本邦初の全訳が完成している。(『世界・日本キリスト教文学事典』(一九九四・三　教

文館）から抄録）

（3） 日本歴史の中世期における、所謂吉利支丹宗門書に対して、明治期の南蛮文学があることが、キリシタン文学史のなかで言われている。〔「キリシタン文学について」『吉利支丹風土記』別巻文学篇（昭三五、九　宝文館）解説（瀏寒吉）

（4） 本論のマリア論序説は、以下の拙論からの抄録である。

◎「近代日本文学のなかのマリアたち・序説（一）（一九七九・三　梅光女学院大学「キリスト教文化」第五号）

◎「近代日本文学のなかのマリアたち・序説（二）（一九八〇・三　梅光女学院大学「キリスト教文化」第六号）

また、本論の近代・現代日本文学の作家たちとマリアとの関連については、以下の拙論を踏まえている。

◎「『聖餐』論――椎名麟三『マグダラのマリア』との比較を中心に――」（『有島武郎の文学』昭四九・六　桜楓社）

◎「遠藤周作『聖母讃美』について」（一九七九・四　たねの会月報「たね」一七六号）

◎「遠藤文学のなかのマリアたち」（鑑賞日本現代文学第二五巻『椎名麟三・遠藤周作』一九八三・二　角川書店）

◎「日本近代詩の中のマリアたち――高橋睦郎の場合――」（一九八四・一『和歌文学とその周辺』桜楓社）

◎「文学の中の母と子——遠藤周作『母なるもの』の場合——」(一九八四・六　梅光女学院大学公開講座論集第一五集　笠間書院)

◎「近代日本文学のなかのマリアたち——堀辰雄『曠野』を中心として——」(一九八八・四　豊浦町文芸を語る会「とようら文芸」第二号)

◎「近代文学のなかのマリアたち——太宰治の場合——」(「キリスト教文学」第七号　一九八八・五)

◎「近代日本文学のなかのマリアたち——矢代静一『宮城野』を中心として——」(一九八九・六　豊浦町文芸を語る会「とようら文芸」第三号)

◎「日本文学のなかのマリアたち——矢代静一『写楽考』を中心にして——」一九八九・一二　梅光女学院大学公開講座論集第二八集　笠間書院)

◎「森内俊雄文学の中の〈狂気の女〉——『幼き者は驢馬に乗って』から始まって——一九九一・六　梅光女学院大学公開講座論集第三一集　笠間書院」

◎「近代日本文学のなかのマリアたち——矢代静一『北斎漫画』を中心として——」(一九九二・六　豊浦町文芸を語る会「とようら文芸」第五号)

◎「矢代静一『淫乱斎英泉』を読む——お峰像素描——」(一九九三・一一　豊浦町文芸を語る会「とようら文芸」第六号」)

◎「文学における癒し——矢代静一『江戸のろくでなし』を中心にして——」一九九八・四　梅光女学院大学公開講座論集第四二集　笠間書院)

◎太宰治を読む――『グッド・バイ』を中心にして――」（一九九九・一〇　梅光女学院大学公開講座論集第四五集　笠間書院）

◎「『スキャンダル』を読む――成瀬夫人はマグダラのマリアか――」（笠井秋生・玉置邦雄編『作品論・遠藤周作』二〇〇〇・一　双文社）

◎「遠藤周作『深い河』を読む――成瀬美津子はマグダラのマリアか――」（二〇〇一・一一　中華民国捕仁大学外国語学院日本語文学系中華民国捕仁大学外国語学院日本語文学系「日本語日本文学」第二六輯）

◎「芥川龍之介『南京の基督』を読む――マグダラのマリアのような宗金花――」（二〇〇三・五　梅光女学院大学公開講座論集第五一集　笠間書院）

◎「椎名麟三の『マグダラのマリア』」（二〇〇七・三　椎名麟三を語る会編「椎名麟三『自由の彼方で』」第十一号）

（5）　J・Eルナンが日本の作家たちに早くから読まれていたことについては、上田敏の「春の夕べに基督を憶ふ」（明二六・六）からも明らかであるが、邦訳は、明治四十一年七月、綱島梁川、安倍能成補訳（三星社）が最初のものであろう。以下、加藤一夫訳（杜翁全集刊行会春秋社　内田魯庵・有島武郎鑑選大一〇・一）、広瀬哲士訳（世界名著叢書　東京堂　大一一・一二）、津田穣訳（岩波文庫　昭一六・一）などがある。近代日本文学に与えたルナンの影響については、拙論「キリスト論の考察」、「『或る女』論（二）」（『有島武郎の文学』昭四九・六　桜楓社）

（6）　昨今話題になった『ダヴィンチ・コード』もそのひとつであるが、古来イエス周辺の弟子たち、なかんずくマグダラのマリアに関する文献は『新約聖書外典』をはじめとして、『黄金伝説』、絵画、文学の世界において表現され続けてきた歴史がある。ここではそれらのうち比較的最近のものを参考までに記しておこう。日本の作家たちのマグダラのマリアも、この流れのなかに位置づけられるものであることは言うまでもないことである。

◎『マグダラのマリア　無限の愛』(ジャクリーヌ・クラン　福井美津子　岩波書店　一九九六・九)
◎レンヌ・ル・シャトーの謎――イエスの血脈と聖杯伝説――』(マイケル・ベイジェント　リチャード・リー　ヘンリー・リンカーン　林和彦　柏書房　一九九七・七)
◎『イエスを愛した女性――聖書外典：マグダラのマリア――』(ゴードン・トーマス　柴田登志子、田辺希久子　光文社　一九九九・四)
◎『ダヴィンチ・コード』上・下(ダン・ブラウン　越前敏志弥　角川書房　二〇〇四・五)
◎『ダヴィンチ・コードの謎を解く』(サイモン・コックス　東本貢司　PHP　二〇〇四・十)
◎『ダヴィンチ・コードの真実』(ダン・バースタイン編　沖田樹梨亜　竹書房　二〇〇四・十二)
◎『イエスが愛した聖女――マグダラのマリア』(マービン・マイヤー、エスター・デ・ブール、藤井留美、村田綾子　日経ナショナル　ジオグラフィック社　二〇〇六・十二)

小林慎也

松本清張の書いた戦後

――『点と線』『日本の黒い霧』など――

松本清張とはどんな作家だったのか。昨年、出版された「別冊太陽　松本清張」（平凡社）のサブタイトルには「昭和と生きた、最後の文豪」とある。明治四十二年から平成四年まで、八十二年の生涯には、大正、昭和、昭和がまるごと含まれる。さらに、二十世紀の殆どを生きた人でもあった。同書の巻頭に「昭和と共生した作家」の一文を寄せた森村誠一氏は「松本清張という作家ほど、昭和、特に戦後期の時代に求められた作家はいない。彼は時代に呼ばれて登場した作家である。」という。ここでは、その「戦後」を生きて書いた一端を取り上げてみたい。

一、「戦後」と「戦後の文学」

まず「戦後」について考えてみたい。昭和二十年八月の終戦から、約六十年が経過した。あの戦争とは何だったのか、その後の「戦後」とは何を意味するのか？　小泉前首相の靖国参拝問題や憲法改正論議、東アジアの緊張などをめぐって、いま改めて問われているのは、そのことだろう。

第二次大戦とその後の六十年をどう受け止めるのかは、世代や経験、あるいは人それぞれによって異なる。あの日を通過して、その後の六十年を生きた人たちと、その後に生まれた世代、また、戦争経験を持つ人と持たない人との間でも微妙な差異があるはずだ。さらに、昭和二十年八月までが戦争の時代で、その後は平和な戦後とくくってよいのか、という問題もある。終戦から昭和二十六年の対日講和条約調印と日米安全保障条約調印の間の約六年間は連合軍による占領期だったのだが、これもどう区別するのかも、体験者とその後に生まれた世代では違いがあるはずである。

中村政則氏の『戦後史』（岩波新書）では、

「戦後とは、私見では、戦前の反対概念である。戦争、侵略、専制、貧困などで象徴されるのが〝戦前〟であり、〝戦後〟は反戦・平和、民主主義、貧困からの脱出を指している。そしてそれらの戦後的価値理念を実現し、支える外交・政治・経済・社会システムの総体を『戦後』と規定したい。」

とした上で、第一章「戦後」の成立（一九四五〜一九六〇年）では、占領期を、①非軍事化と民主化（四八年一〇月まで）②対日占領政策の転換（五〇年六月まで）③朝鮮戦争から講和条約へ（五二年四月まで）と分けている。

つけ加えれば、昭和三十一年の経済白書では「もはや戦後ではない」という表現が使われたが、戦後六十年経っても、「戦後」が一貫して現代史の尺度だったのは疑いない。

「戦後の文学」とする場合はどうか。この定義もあいまいである。一九七九（昭和五四）年に出た『戦後日本文学史・年表』（講談社）によれば、占領期を中心に「戦後変革期の文学──敗戦から一九五〇年代へ」のタイトルで執筆した松原新一氏はこう書く。

「どうあれ、その日をさかいとして、わが国の歴史は、新しい、試練に満ちた、困難な時代を迎えることとなった。大きな転換の時であった。（略）敗戦は同時に占領の始まりを意味した。（略）占領政策の基本的な方針は、日本の非軍事化および民主化の実現におかれていた、といってよい」

「非軍事化と民主化」は戦後の日本の柱で、確かに国民に受け入れられたが、「非軍事化」も「民主化」もその後、かたちを変えて進むのは、知るとおりである。

年表を見ると、農地解放、財閥の解体、新円切り替え、東京裁判、レッドパージ、さらに、帝銀事件、下山事件、三鷹事件などを始めとする不可解な事件などがあった。そして、独立の前年に起こった朝鮮戦争。

この時代、文学では、大岡昇平、梅崎春生、野間宏、島尾敏雄、遠藤周作、大西巨人らの作家が、主に戦時体験を通して書かれた作品で登場してくる。

松本清張はこうした作家とほぼ同じ世代だが、作家としての出発は遅く、戦争、戦後とのアプローチはかなり違う。

二、松本清張の戦時

松本清張が生まれたのは大岡昇平と同じ明治四十二年で、当然ながら戦争体験を持つ。年譜や自伝とされる「半生の記」によれば、清張は、主に北九州市で前半生を過ごした。昭和十二年から朝日新聞西部本社で働いている。広告部で新聞広告の版下を描く仕事が主だった。結婚して家庭を持つ。普通の生活者で、文学には無縁だったようである。同十八年秋、三十四歳で三カ月の教育召集（久留米）を受ける。一般人が兵隊としての基礎的な訓練を行う期間である。戦局が行き詰まり、学徒出陣がはじまったころだった。同十九年六月、召集。久留米の歩兵連隊に入隊、釜山行の連絡船に乗って戦地に向かう。

「私は絶望的な運命に捉えられた自分を海の上で知った」。（「半生の記」）

釜山から朝鮮・京城（ソウル）近くの龍山の部隊へ行く。軍医の補助をする衛生兵だった。その後、全羅北道井邑（せいゆう）に移り、そこで終戦を迎えた。終戦の詔勅を整列して聴く。

「ようやくラジオが終った。結局、何が何だか分からなかった。（略）参謀長が師団長に代って前に出てくると、ただいま畏くも玉音で勅語を賜ったように、この未曾有の難局に皆は一致して当らなければならないと、あまり生気のない声で訓示した。」（同）

この間、実際には戦場での戦闘体験も空襲もなかった。

「その頃、私はむろん小説などを書こうとは思っていなかった。兵隊の間は飯上げと、洗濯

と、寝るだけであった。一切の思考は死んでいた。頭脳は動物化していた。」(同)

ここには、戦争とか軍隊といった全体状況や、生々しい戦場の極限状況もない。軍隊という組織の末端で、偶然にも戦闘も経験せず、終戦を迎えた兵隊の姿しか見えない。そして、体験の程度こそ違え、同じように生きて帰還した人はいたはずだ。

同年秋には、山口県仙崎に着き、復員した。この時期のことは、「半生の記」や、のちに「厭戦」など、いくつかの短編で書いている。

三、戦後の出発

復員して、朝日新聞西部本社に復職する。連合軍は小倉に駐留していた。新聞のページも少ない。仕事はあまりなかった。家族のため、箒売りの仲買などの内職もした。小説を書き始めたのは、戦後の昭和二十五年からである。ほぼ占領期のあとからで、同世代の作家よりも遅い出発だった。たまたま、週刊朝日が募集した「百万人の小説」に「西郷札」で応募、佳作入選した。四十一歳だった。「半生の記」はこの年までを書いて終わっているが、最後に、小倉の城野キャンプから黒人兵が脱走した事件にふれている。朝鮮戦争が始まった年で、黒人兵の部隊は朝鮮戦争へ派遣された部隊だった。

「事件が終って被害の情報が小倉署に届けられたが、それだけでも約八十件に達した。いずれも暴行、強盗、脅迫であった。表面に出ない婦女暴行の件数は不明となっている。(略)だが、これだけの騒動にかかわらず、市民は新聞で何一つ報らされなかった。キャンプの司令官は、『このたび占領軍兵士の一部が市民に迷惑をかけたのは遺憾にたえない。この事件で米軍に悪感情を抱くことなく、今後も友好関係をつづけたい』という意味の陳謝とも声明ともつかないものを新聞に出しただけだった。それも北九州地区の新聞だけで、その他には一切掲載が許されなかった。」

と書いている。

「この騒動のことが動機となって、私は占領時代、日本人が知らされなかった面に興味を抱くようになった。」

清張がこの事件をふまえて「黒地の絵」を書いたのは、昭和三十三年である。直接、占領への関心は、これが初めてかも知れない。それが、二年後には「日本の黒い霧」という「占領時代」の闇に迫ることになる。

四、「西郷札」から「点と線」へ

松本清張の年譜に戻ると、「西郷札」から三年後の昭和二十八年、「或る『小倉日記』伝」で第二十八回芥川賞を受賞、上京する。まもなく作家生活に入り、以降、ひたすら書く時代が訪れる。

初期の作品は、戦国期、明治大正期、昭和初期など、過去のある時代を舞台にした作品が多い。それが、同三十二年の「点と線」を契機に、推理小説という方法で、戦後のほぼ同時代を意識するようになる。

芥川賞受賞作「或る『小倉日記』伝」の選評にある「文章甚だ老練、また正確で、静かでもある。一見平板の如くでありながら造型力逞しく底に奔放達意の自在さを秘めた文章力であって（略）実は殺人犯人をも追跡しうる自在な力」（坂口安吾の選評）を実践したわけである。

「点と線」は、昭和三十二年、旅行雑誌「旅」に連載した。「社会派推理小説」の記念碑的な作品とされる。昭和三十年代に入るころ、「神武景気」に入る。家庭電化時代が始まり、社会が安定と大衆化に向かうが、一方で、昭和二十三年に、昭電疑獄事件で芦田内閣が総辞職したのを始め、同二十九年の造船疑獄事件など、汚職、疑獄事件が多発していた。

後に書いたエッセー「舞台再訪」で、松本清張は
「汚職事件が起こるたびに取り調べ中の官庁の課長補佐クラスの人が自殺したことがあった。（略）だが、抵抗したら……」。

それに加えて
「同じ薬をのんで死んだ男女の死体があれば、容易に情死とみなされる。（略）情死となると自殺と同じだから、むろん、警察は捜査をしない。（略）そこに犯罪に対する盲点がありはしないか。」

この二つの疑問をヒントに書いたとしている。

汚職事件の渦中にいたある官庁の課長補佐が女性と心中した（と思われる）発端から、汚職の構

図が明らかになる。政治、行政（官僚）、業者（企業）の汚職が犯罪の動機になっている。汚職事件は、ここでは、推理小説を書くための素材だが、それだけでなく、作者が初めて、同じ時間の現実を書いた点で注目されなければならない。汚職も、「あさかぜ」など鉄道の高速化、民間旅客機就航なども、まさに現実と同時進行していた。

また、平行して書かれた「眼の壁」も同じ時代を設定している。金策に奔走する企業の会計課長が手形詐欺に遭い、自殺するところから始まり、その背後には組織悪が浮かび上がる。

このほか、「ゼロの焦点」「考える葉」「ある小官僚の抹殺」「黒い福音」「球形の荒野」などで戦後間もない時期の現代史をさまざまに、繰り返し書き続けてゆく。いずれも現代の社会と権力機構の暗部を追及した「社会派推理小説」の傑作とされる。まだ「推理小説」の範疇で書かれているのだが、昭和三十四年の「小説帝銀事件」（同年上半期の文藝春秋読者賞受賞）あたりから、現実の事件に正面から取り組む。この作品は「小説」としているが、これをきっかけにして、小説の枠を超えた、ノンフィクションとして、「占領期の日本」に挑む。推理小説から、ノンフィクションへとギアチェンジした。「書きながら考える」姿勢なのかも知れない。

五、占領時代（昭和二十―二十六年）

ここで、「日本の黒い霧」という作品の枠組みとなる占領時代について、整理しておきたい。

昭和二十年八月から二十六年九月までの六年間は、連合軍による占領時代だった。連合軍総司令部（GHQ　最高司令官マッカーサー）が日本を統治し、占領政策を日本政府に施行させていた。GS（民政局）、ESS（経済科学局）などの政策施行を行なう機関と別に、G2（参謀本部第二部）、CIC（軍諜報部隊）がスパイ、諜報活動を行なっていた。G2とGSの対立、勢力争いもあり、当時の事件や犯罪の捜査などには、非軍事化・民主化の推進主体であったGSと反共戦略の担い手であったG2の対立がからみあっていたとされる。しかし、その全容は戦後六十年を経たいまだに、明らかではない。

ノンフィクション作家保阪正康氏の『松本清張と昭和史』によれば、

「日本の戦後は戦前の軍事主導体制、ファシズム体制が解体され、アメリカによる民主主義化、非軍事化という政策によって民主主義を受け入れることからはじまったが、実際には占領国アメリカは二つの顔を持っていた。ひとつは、占領前期に民主化と非軍事化という政策によって日本にアメリカ型の民主主義を定着させようとしたこと。もうひとつは占領後期、東西冷戦下で日本を西側陣営の橋頭堡に変えていった面である」として、GSとG2の対立を指摘し、「私たちが今、『占領期の闇』と称するのは、占領前期から占領後期へ移行する時期、つまり政治的変革のプロセスで起こった不可解な事件を指している。」

とする。つまり、松本清張が書いた「日本の黒い霧」はこの時期の事件を多く取り上げている。

この時期の主な出来事、事件を挙げると、

昭和二十二年　ゼネスト中止

昭和二十三年　極東軍事裁判　帝銀事件　昭電疑獄
昭和二十四年　下山事件、三鷹事件、松川事件　中華人民共和国成立
昭和二十五年　朝鮮戦争　レッドパージ
昭和二十六年、対日講和条約、日米安保条約調印。連合軍による占領時代が終わる。

六、「日本の黒い霧」について

松本清張が、戦後史の出発点になる占領時代の権力構造に焦点をあてたのは、昭和三十五年の一年間、文藝春秋誌に連載した「日本の黒い霧」である。GHQ（連合国軍総司令部）と政治行政の二重構造による支配の時代に起こった奇怪な事件を徹底分析したノンフィクションだった。

「日本の黒い霧」は、次の十二回に分けて書かれている。

①下山国鉄総裁謀殺論　②「もく星」号遭難事件　③二大疑獄事件　④白鳥事件　⑤ラストヴォロフ事件　⑥革命を売る男・伊藤律　⑦征服者とダイヤモンド　⑧帝銀事件の謎　⑨鹿地亘事件　⑩推理・松川事件　⑪追放とレッドパージ　⑫謀略朝鮮戦争。

殆どが連合軍による占領期の事件で、十件の事件と最後の二話に分かれ、後者は占領時代の包括的な歴史記述風になっている。作者にとって、小説ではなく、ノンフィクションという形式で初めて書かれた作品である。

それぞれの事件については、作品を細密に検証する能力も余裕もないが、松本清張は、なぜ、

「日本の黒い霧」を書いたのかの答えは、連載が終わったあと、「朝日ジャーナル」(昭和三十五年十二月四日号)に書いた「なぜ『日本の黒い霧』を書いたか——あとがきに代えて」にくわしい。

「思い立った動機からいうと、以前に(前年)『小説・帝銀事件』を書き終わったときのことにさかのぼる。私はこの事件を調査しているうちに、その背景はGHQのある部門に関連していることに行きついた。」

「小説で書くと、そこには多少のフィクションを入れなければならない。しかし、それでは、読者は、実際のデータとフィクションとの区別がつかなくなってしまう。つまり、なまじっかフィクションを入れることによってによって客観的な事実が混同され、真実が弱められるのである。それよりも、調べた材料をそのまま並べ、この資料の上に立って私の考え方を述べたほうが小説などの形式よりもはるかに読者に直接的な印象を与えると思った。」

ここで留意したいのは、作者自身が「ノンフィクション」ということばを使っていないことである。事実を基にして書く作品は、記録、証言、記録文学、ルポルタージュなどがあったが、ノンフィクションということばはまだ十分市民権を得ていない時代だった。「単なる報告や評論でもない」新しい特殊なスタイルを採用したわけである。

「史家は、資料を収集し、それを秩序立て、総合判断して『歴史』を組み立てる。だが、当然、少ない資料では客観的な復原は困難である。残された資料よりも失われた部分が多いからだ。この脱落した部分を、残っている資料と資料とを基にして推理してゆくのが史家の『史眼』であろう。従って私の（略）やり方は、この史家の方法を踏襲したつもりだし、また、その意図で書いてきた。」

「だれもが一様にいうのは、松本は反米的な意図でかいたのではないか、との言葉である。（略）当初から『占領軍の謀略』というコンパスを用いて、すべての事件を分割したのでもない。そういう印象になったのは、それぞれの事件を追及してみて、帰納的にそういう結果になったに過ぎない。」

結果としては、戦後史の中で欠落していた占領期の「政治、統治」を、事件を通して探ったことになる。きっかけになったのは、三つ考えられよう。

一つは、「あとがき」にあるように、前年に発表した「小説帝銀事件」。事件は帝国銀行椎名町支店に男が現れ、集団赤痢が発生したから、進駐軍の命令で予防薬を飲むよう指示し、行員を毒殺させたという事件である。のち、平沢貞通が犯人として逮捕されたが、確証はない。

もう一つは、松川事件である。これは、下山、三鷹事件のあと、福島駅近くで旅客列車が脱線転覆して死傷者が出た事件だが、枕木の釘が抜かれていたことがわかり、列車妨害事件として捜査が始まり、国鉄労組、民間労組の幹部が逮捕される。これに対して作家の広津和郎らが支援のための運動を展開し、清張を含め、多くの文学者文化人が応援した。のち、全員無罪の判決が確定した。

三つ目は、清張が小倉にいた時代に体験した朝鮮戦争に関連する「黒地の絵」事件があっただろう。

また、書かれた時期が、戦後三十五年、つまり、日米安保条約の改定をめぐって、国論が二分し、激しい対立が渦巻いた年である。占領期の功罪が初めて問われたとも言える年だった。戦後十五年、その内の六年間に起こった謎の事件に対する一つの答えが提示されたことで、読者が圧倒的な興味を抱いたことは確かである。「黒い霧」は流行語になった。同三十八年には、「日本の黒い霧」などの業績で、第五回日本ジャーナリスト会議賞を受けている。

七、「日本の黒い霧」をめぐって

これは、占領時代について、一般の読者が漠然と持っていた感覚、疑問、謎などに作者がある方向性を示したことで、広い読者の共感、共鳴したからではないだろうか。

「黒い霧」は晴れたわけでもなく、真相を解明し、犯人を特定したということでもない。作者が独自に調べた事実や資料を提示し、それらを推理力、想像力、歴史眼で構成したそのプロセスを共感しながら読んだということだろう。

それは、個人の能力を超えるとしか思えない作業である。当然ながら、ここまで「占領時代」に切り込んだ大胆な仮説に対して、評価は分かれる。

まだ記憶に生々しい事件だけに、多方面からの批判も論争もあった。一つは、すべてが「占領軍の謀略」とする点への批判で、「野火」「レイテ戦記」など戦争文学を書いてきた大岡昇平の「松本清張批判」（「群像」一九六一年、一一月）が知られる。これについては、清張が「大岡昇平氏のロマンティックな裁断」(「群像」一九六二年一月)で反論しているが、「最初から反米的な意識で試みたのでは少しもない。(略)それぞれの事件を追及してしてみて、帰納的にそういう結果になったにすぎない」と反論しているが、それ以上の論争にはならなかった。

前出の松原氏は、戦後文学の一節で、客観的にこう書く。

「昭和二十四年には、下山事件、三鷹事件、松川事件という、いずれも国鉄にかかわる、今日なおその真相が不明のままになっている異様な事件が連続して生起している。のちに、松本清張は、占領下の日本で起こったいくつもの奇怪な事件をとりあげ、その真相究明を意図して『日本の黒い霧』を書き上げたが、そこでは下山事件も松川事件も、アメリカ占領軍の謀略という判断に帰結している。その多量豊富なデータの駆使にもかかわらず、あくまでそれは、松本清張一個の推理にとどまる。逆に、事件当時の政府当局者は、これらすべての出来事を共産主義者の謀略に帰したが、むろん、明瞭な根拠があったわけではない。」

巨視的に見れば、こうした評価は、妥当であろう。

最近の評価では、前記の「別冊太陽」の「日本の黒い霧」で九州大学大学院教授有馬学氏が「広く受け入れられる心理的な基盤」と読者の共感を認めた上で「そのことと清張の推理が正しいかどうかは、いうまでもなく別の問題である。とりわけ、GHQの『謀略』の全てを朝鮮戦争に収斂させる全体構造は、大いに疑問とされるべきであろう」として「時代の制約」を指摘する。

一方で、現代史家の藤井忠俊氏は、最近の資料をもとに改めて「黒い霧」と占領時代の検証作業をまとめて『「黒い霧」は晴れたか』を上梓したが、その最後でこう述べている。

「帝銀事件の犯人が平沢でないとすれば、下山事件が自殺でないとすれば、また、松川事件で逮捕された者が全員無罪無実であった以上、これらの真犯人はもはや特定できない。清張は、ノンフィクションとして情報を集め、整理し、推理によって真犯人像のアウトラインを描いた。それまでは、占領下の事態が占領軍がらみであればあるほどその解明はタブーになっていた。（略）清張がもっとも評価されるのはこのタブーを破ったことである。」

とし、もう一点「日本の戦後史はもっぱら民主化の歴史（略）戦後改革の歴史の側面で書かれた」のに対し「アメリカによる日本占領、占領には占領の本質がある」点を指摘している。

それぞれの事件についての、松本清張の「史眼」と推理、あるいは事実の組み立てについて、具体的に検証できないが、日本の戦後がスタートした占領期の現代史を、昭和三十五年、独立して十年後の段階で、誰も書かない方法で書いたことは確かである。

前掲の「あとがきに代えて」の結びでこういう。

「GHQの日本占領史といったものは、今ではぽつぽつ現われはじめている。しかし、それらの多くは（略）概観的なものが多く、私のような感じ方で書かれたものは少ない。こういう事件も、今のうちに、何らかのかたちでメモしておかなければ、将来、分からなくなるのではなかろうか、というのもこれを書いた私の秘かな気負いであった。（略）いろいろ書きたりないところもあり、資料収集の不備もあり、調査の未熟もあったが、一九六〇年の自分の仕事としては悔いはなかったように考える。」

この実感的な要約は、示唆に富む。実は今も生きているのではないか。

私見を加えて、要約すると、

一つは、「占領期の現代史を包括的にとらえ、一定の問題提起をした。資料不足、調査の未熟も、書き足りない部分もあるが、今後は、同じ志を持つものが引き継いでほしい」という作者のメッセージとも読める。その要請にその後の史家や研究者は答えているのか。「日本の黒い霧」を全否定する新資料が提供されているのだろうか。

さらに、普通の生活者の実感、いわば「兵隊の目」から、これまで知らされず、知ることもできなかった権力と社会構造の巨大な暗部に、たった一人で異議申し立てをしたことである。

もう一点は、ノンフィクションという方法を作家として初めて開拓したことである。その後、ジャーナリズムの世界で、調査報道というスタイルが取られているが、作家の領域を大きく広げた。これは、その後、「昭和史発掘」に引き継がれ、さらには古代史研究へと歴史をさかのぼる。作家であると同時に歴史家の顔も持っている。

八、終わりに

清張文学と時代との関係をどう把握したらいいか。まだ、戦後の混乱が続いている昭和二十五年から始まる作家の軌跡を眺めると、戦後の社会の変化と伴走しながら書いていることに気づく。例えば、高度成長、情報化社会、文学の変質、情報化と多メディア時代、大衆文化社会――などが交錯する「戦後」という同時代の歴史を生きて書いてきた。「時代と共生した作家」だったことは間違いない。それにしても、「西郷札」から「点と線」「日本の黒い霧」と次々に新しい分野の作品に挑戦した原動力は何なのだろう。飽くなき好奇心、徹底した取材力と分析力、比類ない想像力、そして時代を先取りする先見性と歴史観、などとあげても、まだ霧は晴れない。森村氏が言うように、「時代に呼ばれて登場した作家」なのかもしれない。

参考文献

「昭和・平成史年表」(平凡社　編)
「戦後日本文学史・年表」(松原新一、磯田光一、秋山駿　著)一九七九年、講談社。
「『黒い霧』は晴れたか」(藤井忠俊)二〇〇六年、窓社。
「松本清張と戦後史」(保阪正康、平凡社新書)二〇〇六年。
「松本清張全集」(文藝春秋社)
「別冊　太陽　松本清張―昭和と生きた、最後の文豪」二〇〇六年、平凡社。
「戦後史」(中村政則、岩波新書)、二〇〇五年。
以上のほか、松本清張に関する多くの論考、研究を参考にさせていただきました。

三島由紀夫『春の雪』を読む

北川　透

　作者の死後も作品は生き続ける。いや、死後になって、もっと存在感を主張する作品を書く作家がいる。わたしたちが古典と呼ぶ作品は、たいていそういう性格を持っている。しかし、現代文学において、特に日本においてそういう作家は、決して多いわけではない。わたしが、若い頃、親しんでいた戦後文学のなかでも、時とともに消えた、あるいは消えていく作家や作品は何と多いことだろう。

　むろん、一時的に消えたように見えても、何かのきっかけで甦ってくる作家や作品もあるから、決定的なことは言えない。文学は不思議な生き物である。たとえ世間がその作品を覚えていようが、忘れてしまっていようが、そんなことは関係なく、わたしの心の中でいつも成長している作品がある。戦後文学のなかで、そんな一人を上げれば、三島由紀夫である。大作家であり過ぎて、ちょっと気が引けるが、戦後文学の中で、わたしが好きだった作家を三人上げるとすれば、三島、安部公房、島尾敏雄である。

三島由紀夫については、わたしは熱烈なファンではなかったが、文庫本でよく読んだ。若い頃からのわたしの癖で、作家とか、詩人とかの〈人間〉にあまり関心が持てない。作家の性格や奇矯な行動を知ると、嫌いになるからかもしれない。作者などいなくても、わたしにとって作品があれば十分だった。作者の生活や性格について、半分くらい、あるいはほとんどがウソで塗り固められた、知識や情報を信用したくなかった。それらが作品の一部であるかのように、まつわりついてくることが煩わしかった。わたしは評伝文学というものが好きではない。すべてがそうだというわけではないが、作者を作品から切り離したところで、伝説化するからである。それに三島ほど評伝の対象にされる戦後作家もいないだろう。

秋山駿が死後二十年という時点で、三島について回想したエッセイがある。[1] 彼はそこで三島という作家は、かつて埴谷雄高がドストエフスキーについて述べた、《死後に成長する作家》というものにあたる、という。彼によれば、そういう作家の条件は二つあって、一つは個性以上の天稟がなければならない。第二は《時代と激しく交錯》することだ、という。わたしは秋山駿の意見に共感する。三島由紀夫は死後、わたしの中で成長してきた。わたしは、この作家の作品を生前において、よく読んではいても、一篇の三島由紀夫論も書かなかった。しかし、死後は幾篇かの作品論を書いている。彼の文学の可能性を、わたしは読み返す度に発見してきた、と思う。確かに三島は、わたしにとって《死後に成長する》作家であった。

ただ、当然のことながら、秋山駿があげている条件は、わたしのそれと少し食い違っている。彼があげている〈天稟〉ということが、わたしにはよく分からない。それは生まれつきの素質とか、才能とかいうもの、別のことばで言えば天才だったということだろう。わたしも芸術家が時代の枠組みや、レベルを遙かに超えた能力を発揮することについて、比喩的に〈天才〉としか言いようがない、と思うことがある。讃称のことばとして言ってしまってもいいのだが、そうすると見えなくなるものがある。それは彼が作家になるために働いている、さまざまな関係の力のことである。生まれつきのように見える才能も、実は彼を空間的、時間的に取り巻いている、諸関係が相乗しあう力ではないか、と思う。それは一つの時代の社会や家庭、教育の環境とか、豊かな文学上の出会いとか、そういうレベルのことだけではない。彼が背負っている、見えない世界図書館の働きかけのことも含んでいる。そうであれば、三島由紀夫の才能が、いかに神秘的に超越しているように見えようとも、それは可視・不可視の諸関係に還元して考えうる性質のものである。ただ、わたしたちは作家を誕生させ、その営みを持続させる複雑な関係の網の目のすべてを知ることができない、というだけのことだろう。

秋山駿があげている、第二の《時代と激しく交錯》するという点はどうであろうか。むろん、三島ほど時代と交錯するどころか、激突した作家はいないだろう。それは単に彼が一九七〇年に、自衛隊市ヶ谷駐屯地に突入し、隊員たちの決起を促したが果たせず、総監室で自刃するに至る、一連の事件のことだけを指しているわけではない。わたしが問題にしようとする彼の文学の、時代の深層に届く事件としての性質を言うのである。

ただ、自衛隊の事件のことを言えば、ちょうどこの年、わたしは書評紙『週刊読書人』の「論壇時評」を担当していた。三島の事件は十一月二十五日に起こったので、その年の最終回の時評[2]を書こうとしていて、わたしはことばを失った。時評の冒頭で《彼の割腹自殺の知らせを受けてのち、わたしはほぼ二日間、誰とも対面せず兇暴な沈黙のなかで過ごした》と書いている。それは今の時点からでは、想像できないほどの深い衝撃だった。

政治的な是非の問題はむろん避けるわけにはいかないが、一人の作家の死として言えば、それは時代の枠との思想的・文学的激突以外の何ものでもなかった。この事件をひとつの象徴としてみれば、三島の時代との交錯とは、戦後社会が持っている禁忌に触れようとしたことである。平和と民主主義、小市民的な日常の安定を至上とする戦後が、厚い蓋をしようとした、たとえばホモセクシャル、天皇制（人間天皇）、革命、軍隊、犯罪、暴力、戦争、近親相姦、差別、日本浪曼派……、それら死の斜面に魅せられた非日常的な行為や思想。そこに強く吸引される舞台で演じられるドラマが三島の文学なのだった。それは日本近代の深層へと、一本の張り詰めたロープの上を渡るように突き進む。その危うさと恐怖と快楽は、代表作とされる『仮面の告白』にしても、『禁色』や『金閣寺』にしても、「憂国」、『午後の曳航』、『サド侯爵夫人』にしても、そして、三島の最後の長篇四部作『豊饒の海』にも、鋭く浮き出ている。

さて、ここでわたしが探ろうとすることも、『豊饒の海』の第一巻「春の雪」を、とりあえず読むことで、その危険に満ちた時代との交渉をあとづけることいがいではない。いきなりこの小説の内部に入りたいが、これが『春の雪』『奔馬』『暁の寺』『天人五衰』、というように展開する四部作の第一巻である以上、最初に小説全体の概略を展望しておく必要があるだろう。『春の雪』の連載が始まったのは、文芸雑誌「新潮」の昭和四十年六月号からである。第四部『天人五衰』の完結を示す巻末の日付は、昭和四十五年十一月二十五日、つまり、市ヶ谷駐屯地に出かける日のことである。それが「新潮」に発表されたのは翌年一月号であり、ほぼ、三島が最後の五年間を費やして、心血を注いだ長篇作ということになる。

ところで、わたしがここで取り上げる『春の雪』の単行本の刊行は、昭和四十四年一月五日付けであるから、むろん、三島の自決より、一年前であり、読者は（当時のわたしも）その後に作者の身の上に何が起こるかは知らない。しかし、後から思えば、作者がその巻末に小さな活字で付けている、短い後註が示唆的である。それは《『豊饒の海』は『浜松中納言物語』を典拠とした夢と再生の物語であり、因みにその題名は、月の海の一つのラテン名なるMave Foecunditatlsの邦訳である。》というものだが、むろん、ひとまず、作者はここで物語を展開していくために仕掛けた輪廻転生の装置が、どこから来たかを説明しているだけだ、と見ていいだろう。

しかし、後年の読者はそれでは済ますことができない。題名から言えば、〈海〉は歴史の流れ、その中を古代から貫いているみやび（優雅）などこの小説の主題を暗示するメタファーであろう。それは遍満し、力に溢れ、豊穣な富を湛える、憧れの対象でありながら、水一滴もない月の乾いた沙漠にたちまち変貌することもある。そのいずれもが捉えることのできない歴史の混沌というものである。作者が小説のモティーフを構想していた頃、これまで読むことができなかった、『浜松中納言物語』[3]が、旧師松尾聡の校註によって、昭和三十九年に刊行されていた。しかし、三島はその東洋的な輪廻の思想に、ヒントを与えられただけでなく、もう一つ、この混沌とした歴史の海流を描こうとすることで、そこに三島自身の肉体の死と、文学による再生の思いをかけたことが、いまになれば推測されるのである。

しかし、三島においてはすべてがアイロニカルである。作者が後註で輪廻転生を語っているから、そして、物語の骨格がそれによってできているから、『豊饒の海』が輪廻転生というような反歴史的なテーマで展開されている、と考えるのも素朴すぎる理解ではないか、と思う。作者はかつて『仮面の告白』につけたノート[4]で、《肉にまで喰ひ入つた仮面、肉づきの仮面だけが告白することができる。告白の本質は、「告白は不可能だ」といふことだ》と書いていた。輪廻転生にしても、それはある条件の中だけで夢見ることが可能な理念であり、その本質は〈転生は不可能だ〉ということだろう。いまは『浜松中納言物語』の時代ではない。今日の読者、特に三島の読者が〈転生〉などという、見え透いたウソを信じるわけがない。〈転生〉という仮の、あるいは偽の物語の装置を使って、作者が何を描こうとしているのかが、本質的な問題である。

ストーリーだけを見てゆけば、『春の雪』における松枝侯爵は明治維新に武勲をあげ、宮廷にも伺候して、勢威を誇る新華族である。松枝家三代目の嫡子松枝清顕が第一部の主人公であるが、偉大な維新の武功の時代が衰退した大正時代において、目的も生きがいも見出せず、鬱屈した思いを抱いて生きている。清顕は堂上貴族の綾倉伯爵家の娘で、幼馴染の聡子との不可能な恋に殉じて二十歳で死ぬが、第二巻『奔馬』では、昭和初年代の愛国少年飯沼勲に転生する。飯沼も挫折した昭和維新に殉じて、二十歳の時に割腹自殺をする。この連作の主人公はすべて二十歳で死ぬが、第三巻の『暁の寺』で、飯沼勲の生まれ変わりとされる、タイ王室の姫ジン・ジャン（月光姫）も、コブラに嚙まれて死ぬ。『暁の寺』は戦争下と戦後を跨いでいる時代設定だが、最終巻の『天人五衰』の舞台は、終末感の漂う同時代である。ジン・ジャンの転生である孤児の少年安永透は、二十歳で自殺をするが未遂に終わる。第三巻あたりから、転生の枠組みはすでに怪しくなっているが、第四巻でそれは明らかに破産する。あるいはそれを疑わしいものにすることによって、転生の物語はその内部から不可能性を露出させている、と見ることができる。

全四巻を繫ぐ舞台回しの役割を担っているのは、法律学徒の本多繁邦である。彼は松枝清顕の学友として最初は登場するが、第三巻では特に物語を推進する主役的な位置をしめていることもあって、彼の口によって輪廻転生の理念、大乗仏教の唯識論が異常に長々と語られる。そこだけ見ると輪廻転生の理念によって、この小説は支えられているように見えるが、しかし、わたしはこの小説にとって、仏教的な転生の理念はあくまで口実であり、仕掛け、レトリックであるように思う。むろん、三島にとって、口実や仕掛けはいつも本質的である、という点で軽んじるわけにはいかない。しかし、その観点で読み解こうとすると、三島がこの小説の何によって時代と交渉、交錯し、その挙句に激突して果てたのかが曖昧になるだろう、とわたしは疑っている。

三島が『豊饒の海』四部作で、輪廻転生の理念を口実にして描きたかったものは、明治、大正、昭和と展開する、非因果的な歴史の連鎖が個人の感情や意志を跳ね除けながら、同時に巻き込んで進行するダイナミズムというものではなかったのか。個人の意志や情念は常に個体のレベルでは挫折する。それは別の時代に純粋に誰かの内に受け継がれるのではなく、いわば時代思潮とか様式というう共同性の内に、保存され、偶然的に継承者を、見出したり、見出さなかったりする。歴史はいつも複層的にあるいは楕円的に進行するので、歴史的必然などという、単線的な進化は、本来、どの歴史にも起こりえないだろう。松枝と本多は、『春の雪』において、この歴史と個人の意志のかかわりについて、込み入った議論をしている。わたしは理路整然とした借り物の唯識論よりも、矛盾、錯綜する、二人の登場人物の議論に、作者の思想が出ている、と思う。

そこで清顕を聞き手にして、本多が展開する考えはこうである。どんな社会にあっても、人は自分が他人とは違う個性を持っている、と思う。しかし、百年経ってみれば、《われわれは否応なしに、一つの時代思潮》《一つの時代の様式》に組み込まれていて、個をそれから区別することは難しい。

《「それじゃ僕らが、何を考え、何を願い、何を感じていても、歴史はそれによってちっとも動かされないと云うんだね。」／「そうだよ。ナポレオンの意志が歴史を動かしたという風に、すぐ西洋人は考えたがる。貴様のおじいさんたちの意志が、明治維新をつくり出したという風に。／しかし果してそうだろうか？　歴史は一度でも人間の意志どおりに動いたろうか？　貴様を見ていて、いつも俺はそんな風に考えてしまうんだ。貴様は偉人でもなければ天才でもないだろう。でもすごい特色がある。貴様には意志というものが、まるっきり欠けているんだ。そしてそういう貴様と歴史との関係を考えると、俺はいつでも一通りでない興味を感じるんだよ」》（十三）

このように歴史は個人の意志とかかわりがないことを述べながらも、本多はさらに《百年、二百年、あるいは三百年後に、急に歴史は、俺とは全く関係なく、正に俺の夢、理想、意志どおりの姿をとるかもしれない。正に百年前、二百年前、俺が夢みたとおりの形をとるかもしれない。俺の目が美しいと思うかぎりの美しさで、微笑《ほほえ》んで、冷然と俺を見下ろし、俺の意志を嘲《あざけ》るかのように。／それが歴史というものだ、と人は言うだろう》と続ける。

まったく歴史にかかわろうとする意志のない清顕と、歴史にかかわろうとする意志を持ち続ける本多、どっちにしても歴史は、その両極を巻き込んで、しかも、そのいずれをも弾き返して、それ自体独自な生き物として展開する。だから、《歴史の形成と崩壊とは同じ意味をしか持たない》のであり、必然の神も偶然の神も存在しない、と考えられている。『春の雪』において、松枝清顕は本質的に盲目の人である。彼は前途にどんなプログラムももたない。自らの感情、情念によって、盲滅法に行動するだけである。だからこそ、人の意志とかかわりなく進行したり、あるいは停滞したりする、生き物としての歴史のタブーに、全身で触れてしまうのである。清顕とは対照的に、親友の本多は認識の人であるが、清顕を観察し、清顕の盲目の行為を助けても、自らの認識によって清顕を導くということはない。なぜなら、時代が強固な皮膜で張り巡らすタブーを侵犯し、歴史の外に放り出されることで、一つの時代の歴史の限界を示す、つまり、悲劇を演じることができるのは、清顕のような盲目の行為者以外にないからである。

その清顕の情念の根源を支えているものは何だろうか。『春の雪』の冒頭に出てくる『日露戦役写真集』のうちの一枚、《明治三十七年六月二十六日の、「得利寺附近の戦死者の弔祭」がそれを象徴している。日露戦争で清顕の叔父が二人戦死していることもあって、この清顕の《心にしみ入る写真》の構図は、細部まで詳細に描写されている。その描写の特徴を言うと、まず、《画面の丁度中央に、小さく、白木の墓標と白布をひるがえした祭壇と、その上に置かれた花々》があり、それに向けて数千人の兵士が、画中の人物のように配置されていることに注意が向けられる。この何千という兵隊は《ことごとく、軍帽から垂れた白い覆布と、肩から掛けた斜めの革紐を見せて背を向け、きちんとした列を作らずに、乱れて、群がって、うなだれている。わずかに左隅の前景の数人の兵士が、ルネサンス画中の人のように、こちらへ半ば暗い顔を向けている。そして、左奥には、野の果てまで巨大な半円をえがく無数の兵士たち、もちろん一人一人と識別もできぬほどの夥《おびただ》しい人数が、木の間《こま》に遠く群がってつづいて》(一)おり、その兵士たちの心は、すべて中央の墓標へ向かって、波のように押し寄せ、巨大な鉄の環になってしめつけているのである。

いったい、『春の雪』という小説は、なぜ、この日露戦役の膨大な戦死者の墓標を弔祭する、これまた無数の兵士たちの群像を写した、一枚の写真から始めなければならなかったのか。現在から見れば、日露戦争にはさまざまな評価がありうるだろう。しかし、それが明治維新後の国民国家の存立を賭けた戦争だったことは間違いがない。激戦地で弔われる戦死者たちも、それを弔う、そして、やがて自らも屍の山を築くことになる兵士たちも、国家の存亡をかけて一身を犠牲に供したのである。《画面いっぱいに、何とも云えない沈痛の気が漲《みなぎ》っているのはそのため》だった。そして、この写真が松枝家で意味を持つのは、清顕の祖父が鹿児島の地方武士から、身を起こし、明治維新での功労により、いまや新華族に列せられているけれども、これらの兵士たちと共に、動乱と戦争の時代を生きてきたからである。この写真はこれ以後も繰り返し、清顕によって想起されるが、それは彼の隠された情念、無意識の根底に、国家に殉じたこの戦死者たちが住んでいるからにほかならないだろう。

その日露戦争が終わった時、清顕も本多もまだ十一歳だった。そして、物語は清顕十八歳から始まり、二十歳で終結する。ということはこの物語が舞台にしている時代は、明治天皇が崩御して大正時代が始まる。その最初の二年間ということである。大正時代とはどういう時代なのか。鹿児島の郷里の中学校から推薦を受け、清顕付の書生として松枝家に奉公する飯沼の悲嘆、慨嘆によって、それは示される。飯沼が幼い頃から美しいもの、善きものとして教えられた先代の侯爵家の豪宕な気風は失われ、そこには贅沢な奢侈が溢れているからである。飯沼は心の中で御先代様に語りかける。

《何故《なぜ》時代は下《くだ》って今のようになったのでしょう。何故力と若さと野心と素朴が衰え、このような情ない世になったのでしょう。あなたは人を斬り、人に斬られかけ、あらゆる危険をのりこえて、新しい日本を創り上げ、創世の英雄にふさわしい位にのぼり、あらゆる権力を握った末に、大往生を遂げられました。あなたの生きられたような時代は、どうしたら蘇《よみが》えるのでしょう。この軟弱な、情けない時代はいつまで続くのでしょう。いや、今はじまったばかりなのでしょうか？　人々は金銭と女のことしか考えません。男は男の道を忘れてしまいました。清らかな偉大な英雄と神の時代は、明治天皇の崩御と共に滅びました。》（九）

男たちが生命を投げ出して戦った維新（革命）と動乱の明治の御代に対照させれば、新来のデモクラシーによって牙を抜かれた大正時代は、女性的な軟弱の時代である。むろん、ここには歴史の変化を受け入れられないで、明治の《清らかな偉大な英雄と神の時代》を美化する主観性に、閉じこもっている後ろ向きの男しかいない。この男の眼から見れば、清顕は自分の理想の対極にいる不甲斐ない若様以外ではない。清顕の美貌、優雅、優柔不断、素朴さの欠如、努力の放棄、夢見がちな心性、姿のよさ、しなやかな若さ、傷つきやすい皮膚……は《たえず飯沼のかつての企図を、これ以上ないほど美しく裏切って》おり、彼は自分の若い主人の存在自体に、自分への《嘲笑を感じ》るほかないのである。

この失墜の時代の申し子である清顕、彼の勇武、豪放とは正反対の軟弱、繊細、優雅はどこから来たのか。元はと言えば、彼の父侯爵が、素朴で剛健で貧しかった地方武士の、自らの家系に欠けている優雅な気風に、あこがれていたことに由来する。そこで侯爵は《次代に、大貴族らしい優雅》を与えようとして、二十七代も続いている羽林家の一つ、綾倉伯爵家に清顕を預けたのである。そこで清顕は二つ年上の聡子に可愛がられ、学校へ行く年齢になるまで、彼女は唯一の姉弟、唯一の友だちということになった。つまり、彼は堂上の公家社会の優雅に、幼い頃から慣れ親しみ、骨の髄まで染められてしまう。

しかし、綾倉家で優雅を学んだ清顕は、その優雅故に《すでに自分を、一族の岩乗《がんじょう》な指に刺った、毒のある小さな棘《とげ》のようなもの》と感じざるをえない。一族の期待通りに優雅に染まった清顕が、自分の存在理由を《一種の精妙な毒》だと感じるとは、どういうことなのか。それは《自分の美しい白い手を、生涯汚すまい、肉刺《まめ》一つ作るまいと決心》することであり、《旗のように風のためだけに生きる》ことであり、《とめどない、無意味な、死ぬと思えば生き返り、衰えるとみれば熾《おこ》り、方向もなければ帰結もない「感情」のためだけに生きること》なのである。『春の雪』という小説は、言ってみれば、この優雅という《一種の精妙な毒》が、清顕の身体を蝕み、彼を破滅させる道筋をたどるばかりではない。やがて、この危険な毒素によって、明治の武勲を誇る松枝侯爵家も、その財政的な援助によって、旧華族の体面を辛うじて保っている綾倉伯爵家も、皇室さえもが空疎な形骸に瀕していることが明るみに出てしまう。まさにその時点において、あの写真に見られた、日露戦争の戦死者の墓標と、清顕の死とが重なることに、わたしたちは気づくのである。

そのためには、清顕の優雅の孕んだ二重性が見られなければならない。優雅はこの小説の中で、ある意味ではうんざりするほど繰り返される、キー・ワードである。幼馴染の綾倉聡子、この二歳年上の美しい恋人は、堂上貴族の中でも、和歌と蹴鞠の精髄を伝える伯爵家で育ち、長い歳月の間に培われてきた繊細な優雅の極みを代表している。聡子は幼い頃から、姉の役割で清顕を導くが、恋愛においても、常に彼を先導し、見張り、清顕の欲情に任せたこどもらしい振る舞いをたしなめたりする。その度に、清顕は苛立ち、反発心や屈辱感を抱く。実はここにひとつのことば、同じ概念で語られる〈優雅〉が二つに分裂していること、叛きあっていることが示されている。

たとえば、聡子の優雅に代表され、それに先導されていく二人の恋愛の彼方に、何があるかを考えてみたらよい。そこには落ちぶれてはいるが、平安朝以来の洗練された文雅の粋を体現する旧華族と、粗野と豪宕を併せ持つ貧しい地方の武家を出自とするが、いまや並びなき権勢を誇る新華族が、皇室の祝賀の下に結合するという、少なくとも見かけはめでたしめでたしの幸福な婚儀しか待っていない。三島がそんな大団円を大正時代の歴史の深層に見ていない以上、清顕の聡子に対する恋情は徹底的にひねくれる。つまり、それは皇室の庇護の下に連綿と続いてきた優雅、それの自己違和として《兇暴な一本の絹紐》と化した、もうひとつの優雅が現前してくることを暗示する。清顕の無目的、無意味、無垢の感情は、聡子の優雅を挑発しつつ、同時にそれを粗野に引き裂いていくのである。

清顕は頻繁に夢を見る。それは「夢日記」として、小説の中に挿入され、清顕の無意識の部分を照らし出し、小説の展開の伏線をなしている。初めの部分ですでに彼は自分が《白木の柩》の中にいる夢を見る。窓も何もないその部屋の柩には、《一人の若い女が、黒い長い髪を垂らして、うつぶせの姿勢で縋《すが》りついて、細いなよやかな肩で歔欷《きよき》している》(二)夢である。物語の初めに置かれたこの夢が暗示しているものは何なのだろう。この柩に縋りついている《若い女》は聡子の幻影だろう。そうであるなら、これは恋愛が成就した後の結婚のもつ死の意味だろうか、あるいはその恋愛が悲劇的な死の結末をたどることの暗示だろうか。

もとより、物語は後者をたどる。最初の事件は、ある雪の朝、聡子が父母の留守を窺って、俥で雪見に行きたい、と清顕を誘うことから起こる。揺れる俥の中で、彼らは手指を握り、唇を合わせる。聡子に指導権を取られて誘われることへの、清顕のとげとげしい感情も、我侭な清顕に注ぐ聡子の批評的な眼差しも、狭い俥の内部で湧き出るエロス的な情愛に溶け合って、そこに忘我のエクスタシーが出現するが、その後、清顕は頬が冷えると共に、心が褪めてゆくのを感じる。そして、白昼夢のように彼はあの日露戦役の「得利寺附近の戦死者の弔祭」の幻を見るのである。

《数千の兵士がそこに群がり、白木の墓標と白布をひるがえした祭壇を遠巻きにしてうなだれている。あの写真とはちがって、兵士の肩にはことごとく雪が積み、軍帽の庇《ひさし》はことごとく白く染められている。それは実は、みんな死んだ兵士たちなのだ、と幻を見た瞬間に清顕は思った。あそこに群がった数千の兵士は、ただ戦友の弔祭のために集まったのではなくて、自分たち自身を弔うためにうなだれているのだ。》(十二)

二人が互いに慕い合う魂であり、激しい恋心を抱いていることが確認できたばかりである。しかし、この時点で、清顕の前に現れた幻の写真において、弔祭に集まった生きた兵士は、すべて戦死者に加工されてしまっている。このように増幅する圧倒的な死者を抱え込んでいて、清顕は聡子との幸福な結婚に進むことができるだろうか。この後、二人は恋の鞘当のようにも見える意地の張り合いから、いかにも不自然で曲がりくねった道筋をたどって、絶対的に不可能な恋の絶壁に到達してしまうことになる。それは恋愛小説の常道である恋の鞘当なんかでは決してなかった。言い換えれば、宮廷社会の洗練された流儀で、誰をも傷つけない華族社会という枠組みのなかの優雅と、生きるか死ぬかを荒野で争う、血みどろな優雅との覇権争いに似ている。そして、その覇権は清顕の手に遂に握られる。清顕が聡子の懇請を知りながら、ひたすら逢いもせず、連絡も断ち切って聡子を追い詰めた結果である。ディスコミュニケーションによる分断の間に、二人の恋を絶対的に不可能にする、法的な制度の壁が築かれてしまう。すなわち、聡子と洞院宮第三王子治典王殿下との間の縁談、見合いが進み、勅許まで下りる事態となる。聡子はもはや一華族のお姫様ではない。有力な皇族の妻になる人なのである。

もはや華族といえども手の届かない、神聖な禁忌を帯びた聡子を愛すること、恋人として抱くことは、ここに到っては、天皇の意志、国家の意志を侵犯する罪に等しくなった。清顕は綾倉伯爵家で培われた自分の優雅が、それの対立物に反転したことを自覚する。《『優雅とは禁を犯すものだ。それも至高の禁を』と考える》ようになる。むろん、清顕は計算づくで、すべてを自覚した上で、その侵犯を狙っていたわけではない。何の目的もプログラムももたないで、《方向もなければ帰結もない「感情」のためだけに生き》ている清顕の、情念の底に潜んでいるものが、侵犯へ、悲劇へと誘うのだ。そして、天皇制国家において、法的に一切の変更が許されない勅許。それが下りたことを知った時、清顕を襲ったのは絶望ではなく、理由のない歓喜だったのである。

《何が清顕に歓喜をもたらしたかと云えば、それは不可能という観念だった。絶対の不可能。聡子と自分との間の糸は、琴の糸が鋭い刃物で断たれたように、この勅許といういうきらめく刃で、断弦の迸《ほとばし》る叫びと共に切られてしまった。彼が少年時代から久しい間、優柔不断のくりかえしのうちにひそかに夢み、ひそかに待ち望んでいた事態はこれだったのだ。》（二十四）

清顕が自らの感情に忠実になることによって招きよせた、《絶対の不可能》の先には、もう《この歓喜の暗い渦巻く淵《ふち》》へ、《身を投げることとしか残されていない》のである。そして、生きるか死ぬかの恋の、血みどろの優雅の覇権を握った清顕、この盲目の行為者は、そこへ闇雲に投身する以外の方法を知らない。そうであればこそ、聡子の周囲には次から次へと鉄条網のような障壁、警戒、奸策、拒絶、彌縫策が張り巡らされる。あの柔弱、不決断な清顕がそれを踏み破り、突破して、まっすぐ破滅していくヒーローになるのである。

絶対に不可能な恋になったからこそ、清顕は聡子に仕える老女蓼科を脅かして、軍人相手の汚れた下宿屋に聡子を呼び出す。そこで二人の肉体は始めて結ばれるが、聡子はもはや《年上らしい訓戒めいた言葉》を失い、《いつわりの姉の役割》を引き剥がされて、無言で泣いているほかはない。彼女が体現している《無双の美しさ》と《神聖な、美しい禁忌》、その堅固な世界は、野蛮な優雅によって犯され、果てしない甘美な時間へと融解する。

清顕から聡子との秘密の交渉を、はじめて全面的に打ち明けられた本多は、なぜか松枝家でいつの日かに見せられた、『日露戦役写真集』の弔祭の一枚を思い出す。戦死者と清顕の法の禁忌を犯す恋がなぜ二重写しになったのか。本多はこんな風に語りだす。

《明治と共に、あの花々しい戦争の時代は終ってしまった。戦争の昔話は、監武課の生き残りの功名話や、田舎の炉端の自慢話に堕してしまった。もう若い者が戦場へ行って戦死することはたんとはあるまい。／しかし行為の戦争がおわってから、その代わりに、今、感情の戦争の時代がはじまったんだ。この見えない戦争は、鈍感な奴にはまるで感じられないし、そんなものがあることさえ信じられないだろうと思う。だが、たしかに、この戦争ははじまっており、この戦争のために特に選ばれた若者たちが、戦いはじめているにちがいない。貴様はたしかにその一人だ。》（二十八）

それを聞いて清顕は、《ちらと微笑をうかべただけで答え》ない。彼の挑戦が本多の言うように、《感情の戦争》ということばにふさわしいかどうかは分からない。この後、当時の交通事情を考えれば、ほとんど理屈に合わない、東京と鎌倉の間を夜間に誰にも知られずに、外車のフォードで往復する危険な方法で、二人の秘められた恋は忍び愛を繰り返す。そして、すでに法的な勅許やその後に進行するプログラムによって、皇族の妻になったのも同然の聡子は、清顕の赤子を懐妊するに到る。もう、後の二人はエロスと死とが織り成された、快楽と破滅の急坂を滑り落ちていくばかりである。

ところで、清顕と聡子の交合のエロス的合一によって、聡子の優雅もまた変貌を遂げる。それは聡子が鎌倉からの帰り道の車の中で、付き添い役を務める本多に、打ち明けることばに示される。《どうしてでしょう。清様と私は怖ろしい罪を犯しておりますのに、罪のけがれが少しも感じられず、身が浄まるような思いがするだけ》（三十三）だと。物語は絶対不可能な恋愛に挑戦して跳ね返される、果敢な行為を描き出すことによって、いかにも純愛物語、悲恋小説を仮装して、当今流行の韓流映画のような面白さがあるが、しかし、田中美代子が言うように、この二人の恋は恋ではない。田中は清顕が《目指しているのは、実は恋ではなく、恋を手段として、国家の絶対権を犯すことである。彼の狙いは、まさに狼藉であり、罪の所業以外の何ものでもない。》[4]と述べている。

でも、それが恋でなければ、つまり、《感情の戦争》でなければ、天皇の意志を犯す、国家の絶対権を侵犯する行為にはならなかった。エロスが死に反転する道筋において、三島は大正という、明治とは、また、違った時代の深層にあるものを、見定めようとしたのではないか、と思う。

（なお、この『春の雪』論は、それ自体、半端なものであるが、筆者の構想としては、『豊饒の海』論全体の、序説の位置をもっていることをお断りしておきたい。）

注

（1）秋山駿「死後二十年・私的回想」『日本の作家⑱三島由紀夫』（小学館）

（2）北川　透「〈冬の谷〉への死の予感」（「週刊読書人」一九七〇年二月）

（3）菅原孝標女（伝？）松尾聡校註「浜松中納言物語」『日本古典文学大系』④岩波書店

（4）三島由紀夫「『仮面の告白』ノート」『仮面の告白』一九四九年七月刊河出書房初版のみ
（5）田中美代子『春の雪』「鑑賞」、『鑑賞日本近代文学』23　角川書店

中野新治

現代に〈教養小説〉は可能か

――村上春樹『海辺のカフカ』を読む――

一、

ナカタさんと佐伯さんの死という大きな出来事のあと、東京に戻る田村カフカを描いて物語は終る。

「君は正しいことをしたんだ」とカラスと呼ばれる少年は言う。「君はいちばん正しいことをした。ほかの誰をもってしても、君ほどはうまくできなかったはずだ。だって君はほんものの世界でいちばんタフな15歳の少年なんだからね」

「でも僕にはまだ生きるということの意味がわからないんだ」と僕は言う。

「絵を眺めるんだ」と彼は言う。「風の音を聞くんだ」

僕はうなずく。

「君にはそれができる」

僕はうなずく。

「眠ったほうがいい」とカラスと呼ばれる少年は言う。「目が覚めたとき、君は新しい世界の一部になっている」

やがて君は眠る。そして目覚めたとき、君は新しい世界の一部になっている。

（、点原文　○点引用者）


最終段落の「君」とは誰を指すのだろうか。「カラスと呼ばれる少年」とは田村カフカの中に住む「もう一人の自己」であり、二人の対話は物語を貫いてここにまで至っているのだが、それは最終段落の前で終っているのだから、話者である「僕」が自分に対して「君」と呼びかけるのは、論理的におかしい。「やがて僕は眠る。そして目覚めたとき、僕は新しい世界の一部になっている。」でなければ語りは成りたたないはずである。では、「君」とは誰を指すのか。なぜ作者は物語の末尾をこのような文脈はずしで終えたのか。

答えは一つしか考えられない。「君」とは、主人公に自己を重ねて読み進めて来た読者である。十五歳の誕生日を期して家出をするほどではなくても、物語の冒頭で「カラスと呼ばれる少年」が言う「砂嵐」をすでに知っている読者である。「それを避けようと足どりを変え」ても「嵐も君にあわせるように足どりを変え」、「太陽もなく、月もなく、方向もなく、あるばあいにはまっとうな時間さえない」、「骨をくだいたような白く細かい砂が空高く舞っている」「砂嵐」に出会ってしまった読者自身である。[1]

加藤典洋氏の指摘にもあるように、[2] この「カラスと呼ばれる少年」は田村カフカの「守護神的人格」を持っている。田村カフカがその絶対的孤独から作りだした多重人格の一人であろうが、それは単なる自己分身以上の存在である。物語の展開に従って節目には必ず登場し、混乱の中にある田村カフカを励まし導くこの「守護神」は、その名の通り、「カラス」すなわち作家フランツ・カフカの化身であり、[3] 少年が他者との交りを絶ち図書館に通いつめることで育てあげたものと考えられる。それは彼の〈教養〉のシンボルであり、十五歳の未熟な少年とは余りにアンバランスな老成ぶりであるが、『変身』、『流刑地にて』(物語内で言及される)、『城』などの不条理極りない物語世界を創造したことにおいて、田村少年がみずからの中に巣作ることを要請したのである。

少年の内なるフランツ・カフカは言う。

> そしてもちろん、君はじっさいにそいつをくぐり抜けることになる。そのはげしい砂嵐を。形《けい》而上《じじょう》的で象徴的な砂嵐を。でも形而上的であり象徴的でありながら、同時にそいつは千の剃刀《かみそり》のようにするどく生身を切り裂くんだ。何人もの人たちがそこで血を流し、君自身もまた血を流すだろう。温かくて赤い血だ。君は両手にその血を受けるだろう。それは君の血であり、

ほかの人たちの血でもある。

物語は、この言葉通り、田村カフカと名のる少年（本名は不明）が、まさしく形而上的で象徴的であり、非現実的でありながら、剃刀による傷のような鋭利な痛みを伴う、鮮烈な経験を辿り、最後に佐伯さんによる「血の洗礼」を受けることで成立するのだが、それは単に主人公にのみ襲いかかる「砂嵐」ではない。田村カフカのあずかり知らぬ、物語の半分を占めるナカタさんをめぐるエピソードもまた、その開始直後から異様な緊張に貫かれ、ジョニー・ウォーカーによる猫殺しの場面では、正視に耐えない血まみれのシーンが展開される。読者は「カラスと呼ばれる少年」の示す通り、まさしくカフカワールド＝砂嵐の中を彷徨するのであり、「その嵐から出てきた君は、そこに足を踏みいれた時の君じゃない」（冒頭部「カラスと呼ばれる少年」）境地に至る。読者は自己の現実以上に過酷な世界での生き直しを要求されるのだ。

こうして、冒頭と末尾は統一され、「君」は読者一般へと普遍化される。ここには、作者村上春樹のこれまでにないほどの読者への強いまなざしがあると思われる。

村上はその河合隼雄との対談の中で、[4] アメリカでの生活（91〜95）のあと、「自分の社会的責任感をもっと考えたいと思うようになって来た」と述べ、「以前はデタッチメント（かかわりのなさ）というのが僕にとっては大事なことだった」が「小説を書くときでもコミットメントということがぼくにとってはものすごく大事になって来た」と語っている。

作品のテーマだけでなく、作家としても意識的に「デタッチメント」を守っていた（「文壇」からの離脱、海外居住など）村上は、日本社会全体が大きく「デタッチメント」に移行してしまった現在、それに逆らうように「コミットメント」（かかわること）のただ中に自己を置こうとするのである。九五年の、阪神淡路大震災、オウム真理教による地下鉄サリン事件、九七年の神戸児童連続殺傷事件など、現代の日本社会は人間の受容能力を超える不条理性の中に投げこまれているが、村上は、『アンダーグラウンド』（97・3）、『神の子どもたちはみな踊る』（00・2）でサリン事件や大震災に正面から関わったあと、この『海辺のカフカ』（02・9）で「深く損なわれた少年」（加藤典洋）を主人公とする物語を書き上げた。この物語が神戸児童連続殺傷事件の犯人酒鬼薔薇聖斗の存在に触発されていることは、彼が「バモイドオキ神」という「守護神」を持っていることにも明らかである。作者は、同じく「深く損なわれた少年」を主人公に設定し、「カラスと呼ばれる少年」を「守護神」とし、「砂嵐」の中を彷徨させ、人間性の回復の手前の場所まで主人公を導く。すべてが終ったあと、東京に向う新幹線の中で田村カフカは一筋の涙を流す。

目を閉じて身体の力を抜き、こわばった筋肉を緩める。列車のたてる単調な音に耳をすませる。ほとんど何の予告もなく、涙が一筋流れる。その温かい感触を頬の上に感じる。それは僕の目から溢《あふ》れ、頬をつたい、口もとにとどまり、そして時間をかけて乾いていく。かまわない、と僕は自分に向っていう。ただの一筋だ。だいたいそれは僕の涙ではないようにさえ思える。

それは窓を打つ雨の一部のように感じられる。僕は正しいことをしたんだろうか？

父母から捨てられ、一人の友人もなく、他者を防御するための体力と知力を自力で作ることにのみ専心し、目に「とかげのような冷ややかな光を浮かべ」、「思い出せないくらい昔から一度も笑っていなかった」少年の変貌である。それは、必ずしも「人間性の回復」を保証するものではない。しかし、村上は、このようにして作品のリアリティを保ちながらも、「深く損なわれた少年」の「成長」を跡づけた。それを、ほとんど不可能にさえ思える「現代における〈教養小説〉[5]への挑戦」と位置づけることも十分に可能である。それは、文学者としての道を一筋に歩んできた村上の「社会的責任感」の所産であり、何よりも、自己自身が深い孤独の中で自己を支えるために育ててきた〈教養〉の読者への開放であった。

二〇〇三年四月、作者は「文学界」誌上でベストセラーとなった『海辺のカフカ』への質問に答えているが（「村上春樹ロングインタビュー」）、そこには珍しく一葉の写真が付けられている。手を組み深くイスに掛けた村上の背後には、床から天上まで何段にも組まれた棚の中に、寸分の隙間もなくLPレコードが収められている。それは、フランツ・カフカと同じく、父との精神的断絶の中で自己を形成せねばならなかった村上の苦闘の質と量を示すものに他ならない。物語中で語られる、大島さんのシューベルトのピアノソナタに対する精緻を極めた解説や、喫茶店の主人によるベートーヴェンやハイドンの音楽の本質についての非凡な言及は、単なる作者の蘊蓄の披瀝を超えて、深い不条理性の中で生きる若い読者への贈与として手渡されていることを疑うことはできない。

二、

すでに見たように、この物語は「形而上的で象徴的」な構成をその本質として持っているのだから、内容の非現実的な展開を云々することは無意味である。シャガールやムンクやピカソの絵画を〈非現実的〉と言って非難することが無効であるのと同様である。しかし、商品のシンボルイメージであるジョニー・ウォーカー（洋酒）やカーネル・サンダース（フライド・チキン）が物語の狂言回しとして大きな役割を果したり、空からヒルやイワシが大量に降ったり、冥界への「入り口の石」が神社の祠《ほこら》からいかにも手軽に見つかったりする荒唐無稽さにつまずく読者は多いにちがいない。それはしかし、「ありえない」からではない。少くともジョニー・ウォーカー、カーネル・サンダース、ヒル、イワシ、「入り口の石」などは、物語の中で「形而上的で象徴的」な役割を果す存在としては、そのシンボル性の負荷が低すぎることが問題なのだ。

あのフランツ・カフカの小説世界で、世界の不条理性を荷う「形而上的で象徴的」なものとは、例えば「巨大な毒虫」であり（『変身』）、「まぐわ」という処刑機械である（『流刑地にて』）。前者は根拠のない突然の受難の、後者は人生が間断なき受苦そのものであることのメタファーになりえていることで、鮮烈な読書体験を読者に与えることを可能にしている。しかし、『海辺のカフカ』においては、ちょうどトラック運転手の星野さんがナカタさんと知り合い、事件にまき込まれるまで人生の本質など考えたこともなく、現代の消費文化にどっぷり漬かって生きていたように、非現実性、不条理性をシンボリックに成立させるべき登場者（物）もまた、日常性のレベルを突き破ることはないのである。

この「シンボル性の負荷の低さ」が意図されたものであることは言うまでもない。それどころか、物語に登場するものほとんどすべてが、具体的な商品名を持つことで、作品内世界は高度消費社会からいわば鷲づかみにされており、読者の思考が形而上的な世界にまで高まっていくことを阻もうとするのである。

濃いスカイブルーのレヴォのサングラスをかけ、カシオのプラスチックの腕時計をはめ、ソニーのMDウォークマンをリユックに詰め、ラルフ・ローレンの白のポロシャツと、クリーム色のチノパンツをはき、トップサイダーのスニーカーをはいている田村少年、中日ドラゴンズの帽子をかぶっている星野さん（作品発表時のドラゴンズ監督と同名）、深い知性をもって田村少年を導く大島さんの乗っているのは、スマートなスポーツカーであるマツダロードスター、など、いくらでも挙げることができる。

歴史的に評価の定まった演奏家の名や、作家、詩人の実名が登場するのならまだしも、これらの商品名はやがて風化し消滅することも十分ありうるのだから、物語の中で使用することは危険でさえある。しかし、作者はあえてそれを徹底したのである。

今、実際の商品名のまま登場するこれらの人物や物品を〈消費社会の聖なるイコン〉と呼ぶことにしよう。(6) イコンとはギリシャ語 eikon（シンボル）にもとづく、キリスト、聖母、殉教者などの画像を指し、特にロシア正教隆盛期に信徒を守る聖なる画像として尊重されたものであるが、あの田村カフカ少年もまた、肌を刺す絶対的孤独を生きる自己を守ってくれるものとして、高いブランド力を持つ商品を必要としたにちがいない。物語に登場する主要人物はすべて何らかの〈欠損〉を抱えて生きている者たちであるが、作者はそれを現代社会の本質としてとらえ、それゆえに〈消費社会の聖なるイコン〉を現代人の守り神として登場させたのである。

一歩進めて、それを社会学の用語でいう「物神」と位置づければ、ジョニー・ウォーカーやカーネル・サンダースが登場することも理解できるであろう。両者は飲食という快楽の神であり、世界を闊歩し、人々の崇拝を集めているのである。

かくして、フランツ・カフカにとっての巨大な毒虫や「まぐわ」が、第一次世界大戦下のヨーロッパに生きる人々の生の悲劇的なメタファーであったように、『海辺のカフカ』においては、高度消費社会に生きる人々のいわば悲劇的な享楽を象徴させるものとして〈消費社会の聖なるイコン〉が登場し、その頂点に立つ「物神」としてジョニー・ウォーカーやカーネル・サンダースが物語を展開させるのである。

彼等は善悪の彼岸に立ち、猫を惨殺する〈暴力〉や、女を周旋する〈性〉を司どる。それが神々の本質であるからだ。河合隼雄氏は、猫の首を切り、心臓を食べ、その魂で笛を作るジョニー・ウォーカーと、ギリシャ神話の神ヘルメスの残忍さとの同質性を指摘し、亀を殺して竪琴を作るヘル

メスの言葉を紹介している。(7)

「このうえない幸運の印だ。お前に会えて嬉しいぞ。素敵だ。可愛い姿をしたやつ。驚きの友、宴の仲間。ほんとうによくきた、愛らしい玩具よ。山の住人よ。どこからお前はその輝く殼を着てきたのだ。お前をつれて館に入ろう。私の役に立たせよう。お前を軽んじたりはせぬ。まずは私の役に立つのだ。家の中のほうがよい。なぜなら、外ではお前は災いに出遭うだけだから。生きてはお前は外力を防ぐ盾かもしれぬ、だが死んだなら、お前は美しい歌となって響くだろう。」

こうしてヘルメスは亀を持ち帰り、体を切り裂いて竪琴を作る。ヘルメスにとって大切なのは美しい歌を奏でることであり、殺される亀の内心は一顧だにされないのである。この〈非情さ〉こそ神々の本質であることは言うまでもない。カーネル・サンダースはわざわざ「我はもと神にあらず仏にあらず、只これ非情なり」（傍点引用者）という『雨月物語』の「貧福論」の一節を引用してまで、自分が「有情《うじよう》＝人間や生物」ではないことを強調する。善悪の判断はあずかり知らぬことであり、ただ与えられた役目を果すだけだ、と言って星野さんに性を売る女を紹介し、捜している「入り口の石」の在りかを教える。彼らは人間の心を知りつくした救済者としての神仏ではなく、禍福を無前提かつ運命的に与えることを仕事とする神々なのである。

こうして見てくれば、この物語がこのような神々によって支配され、福ではなく、禍＝まがまがしい不幸、を授与された人々によって構成されていることが改めて明らかになるであろう。

岡持節子……小学生だったナカタさんの担任の先生。出征した夫への思いの代償のような激しい性的な夢を見、翌日、放心状態で生徒を山へ引率中、突然月経の出血にみまわれる。その処理物をナカタさんに見られ激高し、精神的自失の中でナカタさんを気絶するまで殴打、集まって来た子供たちに集団催眠状態を引き起こさせた。「世界のぎりぎりの縁まで追いつめられた時間」を経験。

ナカタさん……戦時中の集団疎開で山梨県の山村に来る。大学教授を父に持つエリート家庭に育つが、優等生であることを暴力的に強いられていた。九歳の時、岡持先生による事件のため生死をさまよい、回復後も、字も読めない知能障害者となる。影が一般人の半分の濃さしかない。

佐伯さん……幼なじみの甲村家の長男と早くから愛しあい、高校卒業時まで完璧に幸福であった。十九歳の時作詩作曲した「海辺のカフカ」が大ヒットした。二十歳の時、東京の大学に進学した恋人が大学紛争の内ゲバに巻き込まれ、死亡。以後二十年間行方不明。二十五年目に突然高松に帰り、甲村家の図書館の管理者となる。その人生は、「二十歳の時点で停止」しており、「魂の機能が普通の人とちがう。」

田村浩一（田村カフカの父）……佐伯さんと思われる女性と結婚したが、真に現実に生きていない彼女との生活は破綻。自分と長男を捨てた妻への憎しみから、長男に呪いの言葉を投げかけるようになったと推察される。生きる根拠を失い、猫を惨殺することでナカタさんに自己殺しを誘導し、自己抹殺を果した。「人間の潜在意識を具象化した」『迷宮シリーズ』により高く評価された彫刻家であるが、その『迷宮』とは雷に打たれたことによる臨死体験の世界を表現したものと思われる。

大島さん……出血すると血液が凝固しない血友病の患者であり、かつ、肉体的には女性でありながら、「乳房もほとんど大きくならないし、生理だって一度もなく」、精神的には「完全に男性」の両性具有者。スポーツカーでスピードを上げて走るのは、事故で大量に出血すれば、「血友病患者も健常者も生存条件にはそれほどの差はない」からである。

五人はすべてこの世の果てる場所、死と隣接した場所で生きており、ナカタさん、佐伯さん、田村浩一の三人は実際に「入り口の石」の向う側＝冥界に入った経験を持つと思われる。田村浩一、佐伯さん、ナカタさんの順次の死亡により物語は展開し終結する。

佐伯さんの書いた『海辺のカフカ』の発想にヒントを与えたと思われる一枚の絵を甲村図書館で見た田村カフカは、曲は、絵の中の少年が漂わせている「謎めいた孤独」を、フランツ・カフカの小説世界に結びつけて作られたと考えた。その曲は、少年の「不条理の波打ちぎわをさまよっているひとりぼっちの魂」を描いたゆえに、『海辺のカフカ』と名づけられたのだと判断したのである。この意味では、右の五人すべてが「不条理の波打ちぎわをさまよい」それゆえの「謎めいた孤独」を抱えて生きて来たのであり、一人一人が「海辺のカフカ」であったのである。

しかし、圧倒的な不条理の波に襲われながらも、すべての人物がそれに飲み込まれたわけではない。ナカタさんは作品内時間から六十三歳であると推察できるが、知能障害、生命力の希薄（影が実際に薄い、性的能力もない）から、老人であり、かつ、子どもである存在である。昔話、お伽話、童話の世界では、老人と子どもは対をなす存在であり、神秘的な物語はそこにこそ展開する（「かぐや姫」、「桃太郎」、「一寸法師」の誕生など）ことを考えれば[8]、ナカタさんが神秘的能力の保持者であっても不思議はない。猫語を理解し、イワシやヒルを空から降らせる力は、彼が人間界から疎外され、異界の間際におり、老人であり子どもであり、人間的な欲望で自分を一杯にすることがないことによって与えられるのである。そして、外縁にいる無力な者には必ず援助者が現われるという物語の約束に従って（「シンデレラ」における魔法つかいの老女、など）星野青年という献身的な助け手を得たナカタさんは、「入り口の石」を捜すという大切な役目を果すのである。

大島さんもまた、〈不条理な欠損〉によって自己を形成した。二つの障害によってもたらされた外界からの遮断は、古今東西の文化芸術を吸収する時間を与え、豊かな教養と想像力に富み、傷ついた少年に必要なものを十分に与えることのできる青年を育てたのである。

ともあれ、物語は、このような「海辺のカフカたち」が田村カフカと名乗る少年と何らかの形でつながりを持ち、その過程で「謎めいた孤独」の内実が明らかにされ、そのうちの三人の死によって、田村カフカの生が保証されるという構成を持つ。それは、小さな支流がやがて集まり本流となる川の流れのようであり、ナカタ（中田）と田村の合体と考えられる甲村の名[9]を持つ図書館へ向って流れ込むのである。

三、

田村カフカが、前述の五人の「海辺のカフカたち」と異なるのは、その若さと、「不条理の波」が自己を洗うことに極めて意識的であることである。本名を伏せ、カフカと自称することがそれを示している。しかし、そのような自己認識は、洞察力によるものなどではなく、父の〈予言〉が「装置として」「埋めこまれ」、「意識に鑿《のみ》でその一字一字を刻みこ」まれた結果であった。その〈予言〉とは、「父を殺し、母を犯す」というギリシア悲劇『エディプス王』のそれと同じものである。『エディプス王』においては、それはアポロン神の予言として両親に示され、エディプス自身は知らぬままに物語が展開し、予言の成就がエディプスの自己発見となって終結する。しかし、『海辺のカフカ』においては、主人公は直接父から呪いのように〈予言〉を体に刻み込まれ、さらに「姉をも犯す」ことが付け加えられるのである。

こうして、田村カフカは神々の支配する物語の主人公たる資格を与えられる。彼は「自己の運命を知っているエディプス」であり、予言は結果としてではなく、意識的に成就されねばならないのである。もちろん、佐伯さんが本当の母であるか否かは最後まで明らかでないし、姉のように慕うサクラさんとの性交は「夢」として設定されている。しかし、物語が、古代ギリシアでなく、現代日本を舞台とする、いわば「新しいエディプス」の構造を持つことは揺るがない。彼が、魂を病み

れる。

意識のない夢遊状態にある佐伯さんと初めての肉体関係を持ったあとの光景は、次のように描写さ

僕の耳に届くのはかすかな床の軋みと、休みなく吹きつづける風の音だけだ。吐息をつく部屋と、そっと身を震わせるガラス窓。それだけが僕の背後に控えているコロスだ。彼女は眠ったまま床を横切り、部屋から出ていく。ドアがほんの少しだけ開き、そのすきまから夢を見る細い魚のようにするりと彼女は出ていく。

（傍点引用者）

何の註もなく使われる「コロス」とは、ギリシア劇に必ず登場する合唱隊を意味する言葉である。『エディプス王』においては、舞台となるテーバイ国の長老たちが「コロス」となり、エディプスと対話し、あるいは悲劇の核心を歌いながら観客に解説する。それは、常に主人公の「背後に控えている」大切な役回りである。しかし、この物語にあっては、悲劇の成就は、床の軋みと風の音によって、無言で告げられるだけである。「新しいエディプス」の孤絶はかくも深い、と言わねばならない。

だが、一方で主人公に与えられるこのような苛酷さを余り過大視しないようにせねばならない。『海辺のカフカ』においては、田村カフカを教え諭す大島さんや、「カラスと呼ばれる少年」がコロスの役を果すとも言えるし、たとえば、マルト・ロベールによれば、小説の主人公たる資格は〈捨

て子〉もしくは〈私生児〉であることであり、主人公の孤絶は当然のことなのだ。[10] 家庭や仲間から守られることなく、ただ自己の苛酷な経験によって自己を産み出す者のみが新しい物語世界を読者に提示できるのであり、田村カフカの〈孤絶〉は近代小説の文法を踏みはずしてはいない。それは、この物語が、すでに述べたような〈教養小説〉の本質を持つことの当然の帰結とも言えるだろう。

かくして、夏目漱石の『坊っちゃん』が、家族から疎んじられ、自立のためほとんど衝動的に四国に渡ったように、田村カフカもまた、自己を産み出すために何の成算もなく四国へ渡ったのである。そして、宮沢賢治の『銀河鉄道の夜』の主人公ジョバンニが、地上での居場所を失い、夢の中で天上の世界を経巡ることで自己変容を果したように、彼もまた、「入り口の石」の向う側にある冥界(リンボ界)へと入っていくのである。それをもう一度、「悲劇」の側から見ると次のようになる。

『エディプス王』において、母＝妻たるイオカステは真実を知って自殺し、それを見たエディプスはイオカステの身につけていた「黄金の留針」を着物からひき抜いてわが目を深く突き刺し、「みずからの禍いが外《ほか》の何人をも染めることがないように、」放浪の旅へ出る。ギリシアの神々の支配は、こうして全うされても、現代のエディプスの物語は終らない。現代のイオカステたる佐伯さんは、田村カフカとの関係のあと、みずからの死を自覚し、そのための準備を始めるが、彼女と関係を持ってなお、自己を確認できない田村カフカは、大島さんの忠告に従って甲村図書館を離れ、高知の山中へと向かう。それは直接には父親殺しの犯人とされることからの逃亡であるが、本質的には、母と関係するという、禁忌を破った息子が地上での居場所を失い、死後の世界へ誘引されることを意味する。同時に、彼が甲村図書館で出会った一枚の絵と、それに感応して作られた一篇の詩の意味を身を持って解きあかすために必要な、旅であったことを意味する。エディプスがスフィンクスの謎を解いたように、田村カフカも悲劇の主人公となるために詩の謎を解かねばならないのだ。

「海辺のカフカ」

あなたが世界の縁にいるとき／私は死んだ火口にいて／ドアのかげに立っているのは／文字をなくした言葉。

眠るとかげが月を照らし／空から小さな魚が降り／窓の外には心をかためた／兵士たちがいる。

（リフレイン）

海辺の椅子にカフカは座り／世界を動かす振り子を想う。／心の輪が閉じるとき／どこにもいけないスフィンクスの／影がナイフとなって／あなたの夢を貫く。

溺《おぼ》れた少女の指は／入り口の石を探し求める。／蒼《あお》い衣の裾《すそ》をあげて／海辺のカフカを見る。

すでに見たように、物語は、主要登場人物が甲村図書館へ流れ込むことで展開されるが、その「カフカたち」の運命はこの一篇の詩の中に象徴的に示されている。その意味を形成しない超現実性は、彼らに与えられた不条理性が「文字をなくした言葉」で語るほかないほど深いものであったことの忠実な反映であり、一つ一つを解読することに本質的な意味はない。しかし、空から「小さな魚」（イワシ）が降ったことも、「心をかためた兵士」が居るのは田村カフカの迷い込んだ冥界（リンボ界）であることもまちがいないのだから、その体験の意味を知るためにも、詩を現実と対応させてみる必要があるだろう。今、それを作者の側から読んでみよう。

　この詩は佐伯さんが十九歳の時に書かれた。それは「完璧に愛し合っていた」恋人甲村青年が東京へ去った時である。彼女はその別れによって「死んだ火口」＝生命の枯渇の中に陥ることとなり、心理的には世界の果てに居る恋人に向って語る言葉を失なう。「かげが月を照らす」以下の超現実は、夢の中のことと理解することもできるが、「空から小さな魚が降る」という異変や、冥界の「兵士たち」を知っていることに注目すれば、これはむしろ、彼女の生きる世界が大きくゆがんでしまったことの報告と考えるべきであろう。つまり、影の薄いナカタさんが、死後の世界から帰って来た者であり、それ故に異変を起す力を持っていたように、彼女もまた、冥界を旅し、すでに兵士たちに会っていたことが推測される。

　こうして、絵の中の少年と同じく、一人の「海辺のカフカ」たる資格が与えられ、自分もまた、不条理の椅子に座ると、自分が不条理な時間＝神話的時間にとり込まれて生きていることが感じられる。ギリシア悲劇に登場するスフィンクスは、エディプスによって謎をとかれ退治されるが、もはや誰も訪れて来るもののない彼女は、この少年がそうであったようにすべての夢をナイフで切り裂かれるように失う(11)。

生きる根拠をすべて葬られた彼女は、再び、自分の意志で死を選ぼうとする。しかし、その前に、絵の中の少年と等しい境遇にある少年に会わなければならない。

すぐに気づかれるように、右の読解は、この詩の書かれた一年後の出来事＝恋人の無残な死以後の人生を視野に入れて初めて成り立つものである。しかし、この詩は、歌となり、その抽象性にもかかわらず、大ヒットした。とすれば、この詩をいわゆる「詩の讖《しん》」を表現したものと考える他はない。「詩の讖《しん》」とは、詩人の霊感により来るべき現実を予言するものであり、夏目漱石の最後の漢詩の結末「眼耳双《ふた》つながら忘れて身も亦失い／空中に独り唱う白雲の吟」(「無題」)が、執筆十九日後の自己の死(大正五年十二月九日)を語るかの如くであることはよく知られている。

かくして、佐伯さんはこのみずから招き寄せた〈予言〉の渦の中で生き、最後に、表現された通り一人の少年と出会い、聖母を思わせる「蒼い衣」＝「紺色の膝までのスカート」をはいた姿で現われ、関係を持つ。従って、田村カフカに与えられた〈予言〉が成就したように、佐伯さんの〈讖〉も成就したのであり、この物語は、二つの〈予言〉が一つになるものとして構成されているのである。

四、

田村カフカが迷い込んだ、高知郊外の深い森の中にあるとされる冥界（リンボ界）を理解する上でも、作品の本質をより深く理解する上でも、宮沢賢治を視野に入れることは大きな示唆を与えてくれると思われる。前述したように、この物語は作者の〈教養〉の集大成としての側面を持っており、賢治以外にも、作品内で言及される夏目漱石の影響、特に『こころ』との呼応を指摘できるが、名前の登場しない賢治との関連は一層強いものがあると思われる。たとえば、第9章の田村カフカがみずから手を下した覚えのない父の血を浴びる超現実的な場面（遠隔的な父親殺し）について、村上は「僕の考える物語の文脈では、すべて自然に起り得ること」だと主張し、次のように言う。

> それは、あり得ることなんです。なぜあり得ることかというと、普通の文脈では説明できないことを物語は説明を超えた地点で表現しているからなんです。物語は、物語以外の表現とは違う表現をするんですね。それによって人は自己表現という罠から逃げられる。僕はそう思う。（中略）物語という文脈を取れば、自己表現しなくていいんですよ。物語がかわって表現するから。(12)

つまり、作者は、文字通り「物《もの》（人間以上の霊力のある存在）」を含めた世界全体について語ったのであり、自己（人間）を表現したのではないのだから、現実を超えた世界が展開されても作者のあずかり知らぬことだと言うのである。それは賢治の『注文の多い料理店』の序文と一致する。

> これらのわたくしのおはなしは、みんな林や野はらや鉄道線路やらで、虹や月あかりからもらつてきたのです。
> ほんとうに、かしはばやしや青い夕方を、ひとりで通りかかつたり、十一月の山の風のなかに、ふるえながら立つたりしますと、もうどしてもこんな気がしてしかたないのです。（中略）ですから、これらのなかには、あなたのためになるところもあるでせうし、ただそれつきりのところもあるでせうが、わたくしには、そのみわけがよくつきません。なんのことだか、わけのわからないところもあるでせうが、そんなところは、わたくしもまた、わけがわからないのです。

賢治もまた、私は「物」（世界全体）が語ったことを書き付けたまでだ、と言う。高度消費文明社会と自然という舞台の違いはあるが、両者とも、〈近代的自我の確立と表現〉という現代の神話から解放されている故の自由を獲得しているのだ。しかし、それは、二人が自己という怪物と苦闘を続けた果ての自由であったことは言うまでもない。

かくして、村上は、物語の必然と、教養（成長）小説の必然という二重性の中で、主人公の「冥界めぐり」を描く。その構造とストーリーの展開は、賢治の『銀河鉄道の夜』に重なるものが多い。以下、二つを対照しながら検証してみよう。

　実存するのか、それとも田村カフカの妄想の世界なのか不明のまま、読者は「リンボ界」に案内される。それは、〈死後の世界〉が、実在するのか、臨死状態に陥った者の脳内体験なのか不明であることに等しい。ここで大切なのは、その検証ではなく、そこがこの世と天上との中間地点として、洋の東西を問わず存在を意識されて来た、ということである。

　リンボ界とは、天国と地獄の中間にある霊魂の住む所であり、キリストがこの世に遣わされる以前の義人（正しい行ないをした人）や、未洗礼の幼児の死者がとどまる所とされる。キリストはこの世界にも降りていき、彼等を天国に引き上げるのであるが、それは、行くべき所に到着していない者の居る場所という意味でも、仏教でいう「中有《ちゅうう》」の世界に類似している。

　「中有」とは、「生有《しょうう》」（誕生の時）、「本有《ほんぬ》」（生きる時）、「死有《しう》」（死の時）、に続く時空であり、死後、天上に迎えられるまでの中間地点と理解される。『銀河鉄道の夜』においては、銀河（中有の世界）を走る列車が死者たちを乗客とし、生前の行ないにふさわしい場所に降ろして行くのであるが、注目すべきは、降りる場所を持たぬ者、つまり、次の生を得ることの出来ぬ者が居ることである。ジョバンニを驚かす「鳥取り」がその代表的存在だが、『海辺のカフカ』においては、徴兵から逃れて来た二人の兵士がそれにあたる。また、田村カフカと同じ十五歳の時の佐伯さんの魂もそこで生活しているのだが、彼女はこの世で完璧な幸福を経験したゆえにそこに留まっているのかもしれない。彼女にとって、地上こそが「天国」であったからだ。

田村カフカはこのような場所で死んだばかりの佐伯さんに出会う。母の愛を知らず、暖かい感情を育まれることのなかった彼にとって、男女の関係はすなわち肉体の関係である他はなかったのだが、ここで初めて心と心を通い合わせ、「愛」につつまれることができたのである。佐伯さんもまた、自己の来歴を記録し終えて死を迎えたことで、おだやかに心を開く。そこで行なわれたことは、お互いの運命の赦《ゆる》しである。

深く愛した人を失った経験を持つ佐伯さんは、再びそのようなことが起ることをおそれ、「奪いとられたり、なにかの拍子に消えてしまったりするくらいなら、捨ててしまったほうがいいと思って」て、子どもを捨ててしまったと言う。そして、「ゆるして欲しい」と言う。

「僕にあなたをゆるす資格があるんですか?」

彼女は僕の肩に向って何度かうなづく。「もし怒りや恐怖があなたをさまたげないのなら」

「佐伯さん、もし僕にそうする資格があるのなら、僕はあなたをゆるします」と僕は言う。

お母さん、と君は言う、僕はあなたをゆるします。そして君の心の中で、凍っていたなにかが音をたてる。

田村カフカは、赦すことは赦されることであることを理解している。父親殺しの血を全身に浴びた彼もまた、ここで赦されたのである。こうして、〈損なわれた少年〉として、自己をサイボーグ化しようとした主人公の中に、初めて暖かい血が音をたてはじめる。佐伯さんは、少年の〈新しい命〉を記念するために、みずからの血を与える。

髪をまとめていたピンをはずし、迷うことなく、鋭い先端を左腕の内側に突き立てる。とても強く。そして右手でその近くの静脈をぐっと押える。やがて傷口から血液がこぼれはじめる。

（傍点引用者）

あの『エディプス王』で、母＝妻たるイオカステが着けていた黄金の留針は、エディプスの目を貫くために使われるが、ここでは、イオカステたる佐伯さんが、〈血の儀式〉を執行するために使われるのである。〈新しいエディプス〉はそれを飲み、「心の乾いた肌にとても静かに吸いこまれていく。」それは、夏目漱石の『こころ』において、「先生」が「私は今自分で自分の心臓を破つて、其血をあなたの顔に浴びせかけやうとしてゐるのです。私の鼓動が停つた時、あなたの胸に新しい命が宿る事が出来るなら満足です」と語り、自死を選び、遺書を「私」に贈ることに等しい。一つの〈新しい命〉の誕生は、植物の種子のように一つの死によつてのみ保証されるのである。

こうして、田村カフカの冥界への旅は終った。大島さんに告げられるまでもなく、彼は佐伯さんの死を知っているが、それはあのジョバンニがカムパネルラの死を知っていることに重なることはいうまでもない。そして、ジョバンニが手にすることができた「牛乳」が、彼の新しい生への決意のシンボルであるように、[13]田村カフカもまた、「海辺のカフカ」という一枚の絵を得て、東京へと向うのである。

注

（1）「君」という二人称を使って田村カフカの行為が語られるのは、この最後の場面が初めてではない。「カラスと呼ばれる少年」が田村カフカに呼びかける部分はゴシック体の活字で示され、その延長上で、ゴシック体が消滅したあとも「君」が使われつづけるのだが（「君は自分が15歳であることにうんざりしてくる。」「君は彼女が今なにをしているのかを想像する。」等々）、語りはその場面だけで終了するので違和感はない。しかし、この最後の一節では、「やがて」以下は未来のことであり、すべてを読み終った読者への呼びかけとしての表出性の方が高いと判断される。

（2）加藤典洋「心の闇の冥界〈リンボ〉めぐり——『海辺のカフカ』『イエローページ村上春樹パート2』所収　荒地出版社　04・5

（3）小説の表紙には、カラスの絵があしらわれているが、それは、カフカの父親ヘルマン・カフカのカフカ商会のロゴマークからの引用である。加藤典洋氏の詳しい指摘がある。（2）に同じ。

（4）『村上春樹、河合隼雄に会いにいく』　岩波書店　96・12

（5）主人公の人格の形成・発展をテーマに書かれた小説をいう。成長小説とも呼ばれる。ゲーテの「ウイルヘルム・マイスター」がその典型とされる。日本でも『三四郎』、『青年』など「教養小説」と呼べるものは多いが、未来への展望を失ないつつある現代では、古典的な意味でのそれは産み出されることが困難になり始めている。
(6) 物語の中でも、大島さんによる言及がある。
(7) 河合隼雄「境界体験を物語る―村上春樹『海辺のカフカ』を読む」「新潮」02年11月号
(8) 河合隼雄『子どもの本を読む』参照 光村図書 85・6
(9) 木部則雄氏の指摘がある。「精神分析的解題による『海辺のカフカ』」「白百合女子大学紀要」第39号 03・12
(10) マルト・ロベール『起源の小説と小説の起源』参照 円子千代訳 河出書房新社
(11) この詩の三連目の「あなた」は、一連目の「あなた」と同一人物の甲村青年であるとも考えられる。ただ、間にリフレインが入り場面が転換していること、「海辺のカフカ」とは不条理の中にある者のことを指し、それは彼女自身でもあることを考え、自己自身を「あなた」と呼んだ、と読むこととする。もちろん、それは、詩の読者でもあり、曲の聴者でもありうる。
(12) 前出のインタビューでの発言。
(13) ジョバンニは、丘に登り、死後世界の夢を見る前に、牛乳屋に牛乳を買いに行き、断られる。夢の中でのさまざまな出会いや別れのあと、再び牛乳屋へ向い、今度は牛乳を手にすることができる。彼が旅した天の川の世界が「ミルキー・ウェイ」であることを考えれば、これは天と地の一体化を意味し、新しい世界が彼に開けたことのシンボリックな提示であると考えられる。

佐藤泰正

戦後文学の問いかけるもの

――漱石と大岡昇平をめぐって――

一

戦後文学といえば第二次大戦後の、第一次戦後派などと呼ばれた椎名麟三や埴谷雄高、野間宏などが挙げられるが、しかし近代日本には、いまひとつの大きな戦後があったはずである。言うまでもなく明治三十七、八年の日露戦争後の文学であり、漱石や自然主義文学などは、まさしくその戦後文学として登場したものであった。またさらに言えば〈戦後文学〉という時、彼ら作家が戦争自体をどう捉え、これをどう描いたかという問題もまた、重要な視点のひとつとなろう。

ここでまずとり挙げてみたいのは大岡昇平の『漱石と国家意識』（昭48・1~2）と題した評論であり、副題は「『趣味の遺伝』をめぐって」となっている。言うまでもなく『趣味の遺伝』（明39・1）は、漱石が『吾輩は猫である』と並行して書き、『倫敦塔』に始まる七つの短編をまとめた作品集『漾虚集』の掉尾をなす作品である。『吾輩は猫である』が周知の通り、現実を直視する所から生まれた笑いと諷刺に満ちているとすれば、『漾虚集』の諸作はその題名通り、虚に漾《ただよ》う夢幻の情趣をまとったものだが、そこに漱石独自の鋭い批評眼がつらぬかれていることもまた見逃せまい。最後の『趣味の遺伝』はまさにその最たるものであろう。

語り手の〈余〉は、新橋駅頭で凱旋の将兵を迎える。そのなかに旅順の戦いで戦死した友人浩さんによく似た軍曹を見たことから、浩さんの母を訪ね、彼の遺した日記に「郵便局で逢つた女の夢を見る」「只二三分の間、顔を見た秤《ばか》りの女を、程経て夢に見るのは不思議である」「旅順へ来てから是で三度見た」とあるのを見つけ、その前日浩さんの墓参りをした寂光院で見かけた謎の女のことを想い出し、その後の捜索から、ついにことの次第を発見する。旧紀州藩の家老であった老人に出会い調べてみれば、浩さんと女の祖父と祖母が、その相愛の仲を引き裂かれ、その愛（趣味）が孫子の代に遺伝して、浩さんと女を引き寄せたのだと知り、浩さんの母に女を引き合わせる。こうして実の嫁かとさえ思えるほど親しくなってゆく二人の「睦まじき様を目撃する度に、将軍を見た時よりも、軍曹を見た時よりも、清き涼しき涙を流す」という結句を以て結ばれているが、すでに作者の語らんとする所は明らかであろう。

この物語の圧巻のひとつは、語り手の〈余〉が女に出逢う寂光院の場面であり、化銀杏の下に佇つ女の姿は、この世ならず美しい。

「銀杏は風なきに猶ひら〳〵と女の髪の上、袖の上、帯の上へ舞ひさがる。時刻は一時か一時半頃である。丁度去年の冬浩さんが大風の中を旗を持つて散兵壕から飛び出した時である。空は研ぎ上げた剣を懸けつらねた如く澄んで居る」。無限の感は「こんな空を望んだ時に最もよく起る」。この「無限に静かな空を会釈もなく裂いて、化銀杏が黄金の雲を凝らして居る」。しかしこの「無限に静かな空」ならぬ、〈無限の時〉を引き裂いてあい対するものこそは、死と生を境としてみつめ合う一対の男女の姿ではないかとは、語り手ならぬ背後の作者の問おうとする所であろう。

　母親が浩さんの日記を出してみせると、「それだから私は御寺参りをして居りました」と女は答える。「なぜ白菊を御墓へ手向けたのかと問い返」すと、「白菊が一番好きだから」という。浩さんの戦死の当日の日記には「今日限りの命だ。二龍山を崩す大砲の声がしきりに響く。死んだらあの音も聞えぬだらう。耳は聞えなくなつても、誰か来て墓参りをして呉れるだらう。さうして白い小さな菊でもあげてくれるだらう。寂光院は閑静な所だ」とある。まさに〈霊の感応〉という、『漾虚集』をつらぬくひとつの主題は、ここでもあざやかに書き込まれている。すべては自分が今凝《こ》っている遺伝学の発想にかかわって来るものだと、語り手の〈余〉はいう。

　いかにも〈趣味の遺伝〉とはアイロニカルな命名だが、〈霊の感応〉をめぐる男女相愛のテーマは明らかであろう。評者（越智治雄「『漾虚集』一面」）も言う通り、「確かに余の伝えたいのは『寂光院事件』との出会いに尽きている」ともいえよう。しかし、だとすれば、「こゝ迄書いて来たらもういやになつた。今迄の筆法でこれから先を描写すると又五六十枚迄もかゝねばならん」「元来が寂光院事件の説明が此篇の骨子だから、漸くの事こゝ迄筆が運んで来て、もういゝと安心したら、急にがつかりして書き続ける元気がなくなつた」という。この〈余〉の語る矛盾は何か。この矛盾を衝いて評家はいう。

たしかに女の正体は見届けた。女とも対面した。「しかし最後の詰めであるその女の内的な経験を訊き出そうとして、『かうなるといくら遺伝学を振り廻しても埒はあかん。自《みずか》ら才子だと飛び廻つて得意がつた余も茲に至つて大いに進退に窮し』てしまった。これは、『趣味の遺伝』という仮説がもともと如何にも無理なものであったということの、漱石における率直な告白と見ることができる。言葉を換えるならば、若い女の口から直かに内的な経験を訊き出す工夫を『余』のために作ってやることができなかった、小説的構想の未熟、不用意の自白である」（傍点筆者、以下同）という。またさらに言えば母親が浩さんの日記を見せた時、「それだから私は御寺参りをして居りました」という。しかし「新橋駅頭の伏線的意図や寂光院の場面の丁寧な描写など、それらと釣合うべき最後の詰めが『それだから』一語で済まされてしまったのは、あまりにもあっけない。『それだから』の内容が、もっと具体的に明かされる必要があった。大岡昇平の、『謎の女についても、同じくらいの分量を書』く予定があったのではないかという推定も、そういうことを指していたのかもしれない。つまり漱石は、さらに書き込むべきところを端折ってしまったのである」（亀井秀雄「戦争における生と死」）。

いささか引用が長くなったが鋭い批判であろう。さらにいまひとつ加えれば、「越智治雄は、『余』が新橋駅頭の万歳から感得した『玄境』とこの場面（寂光院。筆者注）とが『一筋の糸で結ばれている』というが、「『余』が新橋駅万歳に感得した『玄境』を踏まえて『浩さん』の戦死の場面をリアルに想いやる、それとおなじような感応がその若い女にも経験されていたことが証明されるのでなければ、新橋駅頭の『玄境』の伏線的意図は十分に生かされたとは言えないだろう」。ここでも「漱石はその証明を端折ってしまった、と私は解釈する」という。これもまた重要な指摘だが、ここではこの『趣味の遺伝』一篇の構成上の欠陥が批判されている。

二

さて、ここからが本題だが、果たしてこれは構成上の欠陥というべきか。評者が繰り返しいうごとく漱石の、つまりは作者の失敗、挫折というべきか。あえて結論を先に言えば、これは単なる構成上の不備やミスというべきものではあるまい。すべては作者本来の、意図に発するものであり、作中の語り手の、つまりは〈余〉の語る弁解や失敗談をアリバイとして、作者の語ろうとするものは別箇の場所にある。まずは冒頭の一節からみよう。

「陽気の所為《せい》で神も気違になる。『人を屠りて餓えたる犬を救へ』と雲の裡より叫ぶ声が、逆しまに日本海を撼《うご》かして満洲の果迄響き渡つた時、日人と露人ははつと応へて百里に余る一大屠場を朔北の野に開いた。すると渺々たる平原の尽くる下より、眼にあまる獒《ごう》狗の群が、腥き風を横に截《き》り縦に裂いて、四つ足の銃丸を一度に打ち出した様に飛んで来た」。「狂へる神が小躍りして『血を啜れ』」と言い、「黒雲の端を踏み鳴らして『肉を食《くら》へ』」と叫び、果ては「肉の後には骨をしやぶれ」

と「恐ろしい神の声」がする。「狂ふ神の作つた犬には狂つた道具が具《そな》」わり、そこには惨たる地獄図絵が展開する。

これはほかならぬ語り手〈余〉の妄想であり、「怖い事だと例の空想に耽りながら」来てみれば、そこは新橋駅頭、まわりは人と旗の波であり、どうやら凱旋の将兵を迎える群衆の只中にいるのだと知る。この群衆の只ならぬ熱狂ぶりをみると、「戦争を狂神の所為《せい》の様に考へたり、軍人を犬に食はれに戦場へ行く様に想像したのが急に気の毒になつて来た」という。すでにこの写生文的低徊というか、滑稽味を帯びた文体の流れが何を言おうとしているかは明らかであろう。大岡昇平はこの部分にふれて、戦場を狂える神の命令によって起こった屠殺場などと見なしていることは比喩として分るとしても、「戦争を国家権力のぶつかりあいとみる現実的な立場からすると、少しうかつといえるかも知れ」ず、気がついてみれば、これが凱旋の将兵を迎える歓迎の場であったというのも「うかつで失礼」なことではないか。しかも戦場を「一大屠殺場」とみるとは、「戦場は敵も味方も等しく殺される場所」である以上、「幻想的で公平ではあるが、あまり愛国心に富んだ空想とはいえ」ないという。

『俘虜記』や『野火』、さらには『レイテ戦記』などの作者である大岡氏からみれば、この異和感は分らぬではないが、「愛国心」云々などとは、大岡氏らしからぬ、いささか場違いの批判であろう。すべては文体の流れが明らかに語っている所だが、今日が凱旋将兵の帰還の日であるという、国民周知の日時さえも念頭にないという〈うかつ〉さこそ、作者のたくんだアリバイ作りであり、その文体にふれても「語り手のおしゃべりは『猫』や『坊っちゃん』よりふざけていて、それだけ国家に遠慮しているといえ」、作品は「権威としての国家には服しているというほかない」という指摘なども、やはりお門違いというほかはあるまい。どうしてふざけてみえるおしゃべりが「国家に遠慮している」ということになり、果ては「権威としての国家」に屈していることになるのか。さらにこうして語り手の〈余〉とは、国家意識に関しては、まさに「一種の仮死の状態にある」と大岡氏は断定する。

しかしこれがどうして国家への遠慮、屈服、さらには一切の主体的批判を捨てた「仮死の状態」ということになるのか。すべては逆であろう。これがどのような状況下に書かれたかをみれば、大岡氏の問いに対する答えは、おのずから明らかとなろう。『趣味の遺伝』が発表されたのは明治三十九年一月だが、書かれたのは前年末、十二月三日から十一日の間とみられる。当時日露戦後の講和条約の不首尾をめぐって、これを屈辱外交として国民が憤激し、講和反対の国民大会、日比谷の交番をはじめとした焼打事件のあいついだことは周知の通りだが、政府はこれを不穏な事態として九月六日、東京府下に戒厳令を敷き、これが解かれたのは十一月三十日。『趣味の遺伝』の執筆はこの直後のことである。

「咄、咄、咄、何たるザマぞ、何たる失態ぞ、世界無比の戦捷国をして、世界無比の大屈辱を受けしむ、元老国を売り、閣臣君を辱かしむ。之を国家の大罪人と謂はずんば、天下豈大罪人なるものあらんや」（「報知新聞」明38・9・2）、「賊臣国を誤る。ア、我等は売られたるか!! 我等は欺かれたるか!!」(「大阪朝日新聞」同9・6)。これらは当時の新聞論調の一端だが、国民の憤懣の昂まりは、これらの紙上にも明らかであろう。戒厳令は解かれたが、国民の余憤はなお覚めやらぬ、このような時期に『趣味の遺伝』が書かれた意味は重い。これが果たして国家への遠慮、屈服といったものであろうか。

さらに言えば、ここで問われているのは、大岡氏のいう〈漱石と国家意識〉ならぬ、非常の事態における〈国民意識〉の何たるかという問いであろう。講和条約の結集を屈辱外交として憤激する国民の熱狂も、凱旋将兵を迎えて湧き立つ国民の熱狂も、言わば盾の表裏であって、二なるものではあるまい。この〈国民意識〉の何たるかをみつめる、透徹した作家の眼の所在こそ見逃せぬ所であろう。戦時の熱狂の底に横たわる人間性そのものの実相とはなにか。それを問わずして、時務の論を言い立てるのは作家の本分ではあるまい。ひとは戦争の悲惨をいうが、そこに見る人間の暴力性、野獣性の発動とは何か。冒頭の妄想とも諷語ともみえる過激な描写の背後にみるものは、この作家としての根源的な問いであろう。

ちなみに、大岡氏はあの冒頭にいう神が狂って云々とは、漱石の「反宗教的な考え方が出て」いる所だというが、この神とは聖書などの神ならぬ、ギリシャ神話にみる怒りの神、復讐を呼ぶ女神であり、これが明治二十七年はじめの「断片」に、英文でしるされていることは、すでに評者(伊豆利彦「日露戦争と作家への道」)の指摘する所である。いま訳文で示せば「自然は真空を嫌う。愛か憎悪か！　自然は代償を好む。眼には眼を！　自然は戦いを好む。死か独立か！　自然は復讐を奨励する。復讐はつねに甘美である」。「自然に背く害虫である人間を殺すのは、自分たちの女神である自然の法である。〈復讐!〉と復讐を求めて叫ぶのは自分たちの女神である。彼女は血にかわいている」。

これは殆ど『趣味の遺伝』冒頭の描写にかさなる所であり、ここから見れば、戦場を「一大屠殺場」と見なすとは、「神の高みから見たような見方」であり、「戦争を国家権力のぶつかりあいと見る現実的な立場からすると、少しうかつといえるかも知れ」ぬという先の大岡氏の発言は、いささか的を外れたものというほかはあるまい。高みからの俯瞰、抽象どころか、〈復讐〉をと叫び続け、血に飢え、渇く女神こそは〈自然の法〉という時、「血を啜れ」「肉を食《くら》へ」というあの狂神の叫びとは、人間の裡なる〈自然〉の、その地底からの不気味な発動を指していることは明らかであろう。「人を屠りて飢えたる犬を救へ」という叫びが、「逆しまに日本海を撼《うご》かして満洲の果迄響き渡つた時、日人と露人ははつと応へて百里に余る一大屠場を朔北の野に開いた」という。すでに「逆しま」とは、高みからの俯瞰の号令ならぬ、大地の、生命の、その地底の根源からすべてを突き撼《うご》かす不気味な力の発動を促すものであろう。さらに言えば、人間という存在を逆しまに、まるごと摑んでうら返してみせる。そこに見える人間の本性とは何か。人間の裡なる〈自然の法〉とは何か。そこに生まれる「戦場を屠殺場と見な」す、その見方とは、繰り返し問うごとく大岡氏のいう「高みから見るような見方」「うかつ」な認識、表現といえるのか。これが後の昭和十年代であれば、即座に発禁ものであろう。その故に作者は〈余〉といううかつな存在、国民的行事ともいうべき凱旋将兵帰還の日時さえも頭にない、ひとりの〈太平の逸民〉ともいうべき語り手を仕立てて、アリバイ作りをはかり、それを自身のアリバイとして胸中の本音を吐露してみせる。この認識なくして作中、いまひとつの圧巻ともいうべき戦場透視の場面は生まれては来まい。

三

万歳など生まれて一度も唱えたことはない自分も、きょうは唱えてやろうと決心したとたん、胡麻塩髯の将軍が眼の前を通った。それを見た瞬間、万歳がぴたりと止まったと、語り手の〈余〉はいう。「胸の中に名状しがたい波動が込み上げて来て、両眼から二雫ばかり涙が落ちた」。将軍の「日に焦《や》けた顔と霜に染つた髯」を見た時、そこにまぎれもない戦争の「結集の一片」を感じ、「満洲の大野を蔽ふ大戦争の光景があり〱と」見えて来た。この万歳の歓呼の声は、あの「満洲の野に起つた咄喊の反響」だと知った。万歳には意味があるが、咄喊には意味も何もない。「意味の分らぬ音声を出す」のは、「よくせきの事」だ。咄喊は「此よくせきを煎じ詰めて、煮詰めて、罐詰めにした声である。死ぬか生きるか娑婆か地獄かと云ふ際どい針線《はりがね》の上に立つて身震ひするとき自然と横膈膜の底から湧き上がる至誠の声である」。「万歳の助けて呉れの殺すぞのとそんなけちな意味は有しては居らぬ。ワー其物が直ちに精神である。霊である。人間である。誠である。而して人界崇高の感は耳を傾けて此誠を聴き得たる時に始めて享受し得ると思ふ。耳を傾けて数十人、数百人、数千数万人の誠を一度に聴き得たる時に此の崇高の感は始めて無上絶大の玄境に入る。——余が将軍を見て流した涼しい涙は此玄境の反応だらう」（傍点原文）と、〈余〉は語る。

これは作中、文体の最も白熱化した所であり、〈余〉の語りは低徊を装いつつ、ここに至り直到して、戦場の実相に迫る。咄喊の声にこもる、あの「数千数万人の声を一度に聴」かずして、その「一心不乱」に込められた生の極限を見ずして、なんの万歳か、なんの戦争かと語り手は問う。大岡氏もまた「これらの部分を省いて、愛の神秘だの感応だのと解説していた人の気が知れません」という。この作品のひとつの主題を戦場の兵士たちへの、なみならぬ作者の共感とみる大岡氏の指摘はさすがだが、ひとつ引っかかって来る所がある。

漱石の場合、その初期作品に於ても語り手は常に「孤立した単独者」だが、あの新橋駅頭の場面では「万歳」という「集団的な叫び」、その「集団的な感動にまきこまれ」ているという。また「吶喊」（漱石作中では咄喊）云々の場面でも、「すべてを忘れてワーというほかはないという現実、それを幾千幾万の人の声と聞いている」。これは「自己本位といって、主に個人的感情を書い」ている漱石としては、「集団的感情を対象とした珍しい例」だという。また別の箇所でも「言葉をなさぬ吶喊の声、つまり国民の集団的感情に共感する」という所は、『猫』などの人物と違って「注目されていい」点だという。

しかし敢て言えば、「万歳」も「吶喊」も同列の、同じ「集団的感情」の表現と言いうるであろうか。「吶喊」とは「万歳の助けて呉れの殺すぞのといつた」（傍点原文）ことと同列のものではないと、語り手はすでに断じている。「万歳」はまさしく「集団的感情」の発現というほかはないが、

「吶喊」とは「死ぬか生きるか」という極限上の、まさしく〈個〉としての生の、追いつめられた究極の声ではないのか。その数千数万の声を「一度に聴き得」ようとも、それは集団であって、集団を超えた究極の叫びであり、その故にこそ「一心不乱の至境」であり、言葉をこえた「玄境」と呼ぶほかはないものであろう。

もはや紙数も尠く、浩さんの戦死をめぐる戦場のあざやかな描写にふれる余裕はないが、どのような人間もひとたび非情な戦場に投げ出されれば、「蟻群の一匹」か、「一粒の大豆」のごとく哀れな存在として押しつぶされ、撃ち砕かれて、果ては冷たい闇の底に沈むほかはない。ここにはまぎれもなく戦争に駆り出され、まき込まれる側の人間、敵兵ならぬ、〈死〉という現実の不条理そのものと闘う、戦士たちの姿があざやかに描き出されている。

これは語る〈余〉の、引いては背後の作家漱石の眼であり、この追いつめられた兵士の戦いを焦点とする描写の核心は、そのままこれを論じる大岡氏の戦記ものにもつながるものであろう。ここで、ひとりの評家はいう。ここにあるのは「敵と闘った戦士としてではなく、死と闘った戦士としてのみ見ようとする眼」であり、いまひとつは「軍人を家族の眼から見ようとする眼」であり、共に「戦争にまき込む側ではなく、まき込まれる側」から見んとするものであり、これは『レイテ戦記』の作者大岡昇平にもつながるものである。「戦争をくだらないとみる眼と、勇敢に闘って死んでいった兵士をみる眼と二枚のレンズ」を大岡氏ははなさない。戦争を国家権力の戦いとみる「客観的な眼」と、どのようにくだらない戦争であっても、「それを見ぬくことのできぬ兵士にとっては、天命の如きものとして戦っているのである事と、兵士の場に下り立ってみる眼とが、常に交錯している」。こうして「漱石と昇平が共にこの二重の眼を持つのは、いずれも巻き込まれた側の、内部からみる立場に立っているからである」（駒尺喜美『漱石における厭戦文学――「趣味の遺伝」――』）。

この評者も言う通り、両者の眼をつらぬくものが同質であるが故に、大岡氏の指摘も鋭く、その故にまた、いささか的を外した性急な、きびしい注文ともなる。大岡氏がしばしばふれる「集団的意識」とは、漱石にあっては危機に対する〈国民感情〉のあやうさへの批判ともつながるが、大岡氏はあえて、この〈集団的意識〉なるものにこだわり続ける。これは裏返せば、大岡氏の戦記ものが徹底して、兵士の〈個〉の視点に立つものであるが故の、いささか、性急な批判ともなって来るものであろう。また、その「国家意識」に関する限り、「太平の逸民」としての〈余〉は「仮死の状態を選んでいる」というが、「国家意識」という時、その対者との時代的差異、両者の土台とする時代のエトスの何たるかを抜きにしてもまた、論じることはできまい。

「維新の革命と同時に生れた余から見ると、明治の歴史は即ち余の歴史である」と言い、「斯くの如き社会の感化を受けて、斯の如き人間に片付いた迄と自覚する丈」（『マードック先生の日本歴史』）と漱石はいう。ここでは時代との、のっぴきならぬ関係が吐露されているが、「片付いた」と言いつつ同時に、片付かぬ人間存在の矛盾を問いつづけたのが漱石であり、「明治の歴史は余の歴史である」と言いつつ、維新開国以来の〈外発的開化〉の負性を批判しつづけたのも漱石である。

この明治という時代の孕むエトスと、そこに生きる人間の、作家の問題を後の昭和という時代を生きた作家がどう捉えるかとは、そう容易には片付けえぬ難題であろう。

〈国家権力〉と〈個〉の対峙とは、大岡昇平の戦記ものをめぐる基本の構図であり、この立場からの漱石批判についても、その正負二面に則して若干の考察を試みたが、ここで大岡氏の作品に入る前に、なお残された『趣味の遺伝』をめぐる構成上の問題にふれておきたい。語り手の〈余〉が終り近くなって、「寂光院事件」の説明こそが自分の語ろうとする骨子であり、ここ迄書いて来たらもういいと安心して書けなくなったとは、最後の詰めとなって、女にその内的体験、まさに霊の感応ともいうべき部分を〈余〉に訊き出す段取りをつけてやれなかった自身の失敗を語る、「漱石における率直な告白」だという評者の批判は、先にもすでにふれた通りだが、しかし、すべては作者漱石ならぬ、〈太平の逸民〉として登場する語り手〈余〉の告白である。これがすでにふれた通り作者の用意したアリバイ造りの語り手であったとすれば、本来の意図は、国家の意志、権力によって駆り出されてゆく兵士たちへの痛切な鎮魂の想いであり、浩さんの戦死と全く同じ時期に寂光院に佇つ女の姿は、この世ならぬ「霊の感応」の世界そのものを指すものであり、両者はみごとに符合する。女のいう「それだから」という簡明な一語はすべてを語るものであり、その「内的経験」を長々と説明することは、作者本来の趣意ではあるまい。一切の説明を省いた所に、逆に〈霊の感応〉という神秘は生きる。それが、作品が読者にひらかれることの意味でもあろう。もう書くのがいやになったとは、語り手の〈余〉を使った巧妙な仕掛けであり、「清く涼しき涙」という最後の言葉もまた、写生文本来の感触を生かした、微妙な結末の一句というべきであろう。

恐らくここから次作『草枕』（明39・9）へは数歩の距離であり、あの浮世に超然として〈非人情〉の旅を続ける〈余〉、画工が、最後は日露戦争に出征する若者を駅頭に送っては、突然内心の激語を発し続ける。「汽車程二十世紀の文明を代表するものはあるまい。何百と云ふ人間を同じ箱に詰めて轟《ぐわう》と通る。情け容赦はない。」「人は汽車に乗ると云ふ。余は積み込まれると云ふ。人は汽車で行くと云ふ。余は運搬されると云ふ。汽車程個性を軽蔑したものはない。文明はあらゆる限りの手段をつくして、個性を発達せしめたる後、あらゆる限りの方法によつて此個性を踏み付け様とする。」「文明は個人に自由を与へて虎の如く猛からしめたる後、之を檻穽の内に投げ込んで、天下の平和を維持しつつある。此平和は真の平和ではない。」「個人の革命は今既に日夜に起りつゝある。」「余は汽車の猛烈に、見界なく、凡ての人を貨物同様に心得て走る様を見る度に、客車のうちに閉じ籠《こ》められたる個人と、個人の個性に寸毫の注意をだに払はざる此鉄車とを比較して、――あぶない、あぶない。気を付けねばあぶないと思ふ」という。

すでに語る所は明らかであろう。この〈文明〉と言い、これを代表する〈汽車〉という言葉に、〈国家〉という言葉をそのまま重ねてみれば、さらに語ろうとする所は明らかとなろう。ここでは〈文明〉と〈個〉の対立と同時に、〈国家〉とは〈個〉にとって何かという問いが、ひそかにかくされているかとみえる。『草枕』の駘蕩たる非人情の旅の背後に、ここでも〈余〉というアリバイとして登場する語り手の背後に、作家の何がひそんでいるかは、すでに再言するまでもあるまい。この感触は大岡氏のものと、そう遠いものではあるまい。時代は違え、国家や文明、権力と対峙する両者の視角はそう遠くはない。

四

さて、アリバイ作りといえば『野火』における語りの、〈狂人の手記〉という設定もまた、その最たるものであろう。しかし作者自身のいう、『野火』（昭26・1〜8）は『俘虜記』（昭23・2）（『捉まるまで』）の補遺として書かれたと言い、さらに「主人公の記憶喪失は、『俘虜記』の中で、米兵と向ひ合つた時の自分に見つけた記憶の穴を拡大したもの」だという言葉をふまえれば、我々は先ず『俘虜記』における主人公が、彼の前に登場したひとりの若い米兵に向って、遂に発砲しなかった場面にみる、あの心理の精細な分析に眼を向ける必要があろう。

マラリアに罹り、部隊から取り残された〈私〉が疲れ果ててくさむらに身を横たえる。そこに若い米兵がひとり、こちらに気づかずしてやって来る。思わず銃の安全装置を外すが、ためらっている内に向うで銃声が起こり、ふり返って兵士は立ち去ってゆく。その時の何故射たなかったかという心理を、その〈原情景〉を再現しようとして、〈私〉は分析する。その余りにも若くういういしい顔立ちに対する父親のような感情のはたらき。「人類愛から射たなかつた」などとは信じないが、この個人的な愛着のためであったことは「これを信じる」という。しかもなお繰り返して問えば、そこにあらわれるものは「様々の動物的反応の連続」しかない。その後レイテの俘虜病院に移っての閑暇と衰弱のなかで、この〈原情景〉の記憶をめぐる分析は繰り返される。その果てにあらわれたものは〈神の声〉であり、「銃声を起らせ、米兵をその方へ立ち去らせたのは『神の攝理』ではなかったか、という観念」であった。しかしこの「神学に含まれた自己愛」の故に、あえて先の作中ではふれなかったが、しかしこの〈少年時の神〉の再来というほかはない、「無稽の観念をもって飾るという誘惑に抗し切れ」ず、〈わがこころのよくてころさぬにはあらず〉という、『歎異抄』の一句をとってエピグラフとしたという。

ちなみに中村光夫はこの一句にふれて、しかし「ここに提出されている本当の問題は『わがこころのよくてころされぬにあらず』」であり、「なぜ全滅した小隊に属しながら自分だけ生命が助かったか、そのために彼が越えなければならなかった細い偶然は何を意味するか、これが恐らく復員以来彼の心底にわだかまる疑問であって、『野火』はその最も直接な現われ」ではなかったかという。同時に「それ（保護者としての神の観念）は僕の少年時代の幻影で、大人の智慧には敵《かな》いそうもないので、それを狂人の頭に宿らせることにしたのです」（『創作の秘密』）という大岡氏自身の言葉を引けば、『俘虜記』と『野火』の二作を貫通する主題のありかはすでに明らかであろう。

同時にあえて言えば先の「わがこゝろのよくてころさぬにあらず」とは、中村氏の指摘の意味する部分のみではなく、『野火』終末にいう、死者の世界の「彼等が笑つてゐるのは、私が彼等を喰べなかつたからである。殺しはしたけれど、喰べなかつたからである」という部分にもかかわって来るものであろう。彼等とは「私が殺した人間、あの比島の女と、安田、永松」であり、「もし私が私の傲慢によつて、罪に堕ちようとした丁度その時、あの不明の襲撃者によつて、私の後頭部に打たれたのであるならば――／もし神が私を愛したため、豫めその打撃を用意し給うたならば――」と言い、〈神に栄あれ〉の一句をもって閉じられる『野火』一篇の展開も、一貫するものは棄てようとして棄て切れぬ〈無稽の観念〉〈少年時の神〉への深い執着を語るものではあるまいか。「レイテの神を少年時の幻影としてしりぞける大岡昇平は、決して神を信じていないはずだ。神を信じない作家がどのようにして、実在者としての神をえがきうるか。狂人の妄想にそれを託した『野火』の方法は、たしかにみごとな処理であった」と評者（三好行雄）はいうが、それが作者本来の意図であったろうか。狂人の夢にやどる神の観念が消えれば、そこに現れるものは惨たる戦場の地獄図絵であり、そこに見るものは作家のニヒリズムというほかはないと評者（三好）はいうが、それが我々の聴くべき本来の〈作品の声〉か。すべては逆であろう。

普通に語れば、ついに現代人の耳を傾けぬ〈神〉の問題。観念ならぬ、自身の根源的な精神生理の問題として打ち消しえぬ課題を、彼は〈狂人の手記〉というアリバイを作ることによってしか語りえなかった。『野火』は私の〈情念〉の解放だとは作家のいつわらぬコメントであり、観念ならぬ情念、生理の解放こそは小説に託されたものであり、それが〈小説〉というものの本来の意義であろう。

最後に再び『俘虜記』に還っていえば、評者のひとりは、ここにはごたごたと射たなかった理由が例示されているが、作者がついに書かなかった問題があると言い、福田恒存の論（『某月某日』

平4・1）を引いている。「何より不思議なことは、この撃てば撃たれるという歴然たる事実に、作者が文中一言も触れようとしなかったこと」だが、これは要するに「作者の『理路整然』たる個の目に、作者自身、身動き出来ず虜《とらわれ》れの身となってしまったからであろう」という福田氏の言葉を引き、彼は「初めて、『俘虜記』における『そのこと』を問題にしたのである」（坪内祐三「『俘虜記』の『そのこと』」）という。たしかに周囲は敵に囲まれている。射てば忽ち撃ち返されるだけである。この実状をみれば、あの精細な理由の列挙も所詮は「窮して捹へてしまつた一種の『見え』に過ぎぬのではないか」と福田氏はいう。誰もふれなかった「そのこと」を福田氏はずばり指摘していたと評者（坪内）は鬼の首でも取ったように述べているが、しかし「そのこと」はすでに作中で語られているのではないか。

『俘虜記』作中の〈私〉は、あの紅顔の少年兵ともいうべき若い兵士の表情が、一瞬見せた「厳しさ」の背後にあるものを感じる。「それは私を押し潰さうとする厖大な暴力の一端であり、対するに極めて慎重を要する相手であつた。この時私の抑制が単なる逡巡にすぎなかつたのではないかと私は疑つてゐる」という。先の問いに対しては、すでに作品自体が答えているわけだが、しかし作者の言おうとする真のモチーフは、さらにその先にある。すべては「私が国家によって強制された『敵』を撃つことを『放棄』したといふ一瞬の事実しかなかつた。そしてその一瞬を決定したものは、私が最初自分でこの敵を選んだのではなかったからである。すべては私が戦場に出発する前から決定されてゐた。／この時私に向つて来たのは敵ではなかつた。敵はほかにゐる。」（『タクロバンの雨』)。

すでに言わんとする所の究極が何であったかは明らかであろう。戦争をめぐる〈国家権力〉と〈個〉の対峙という大岡氏の根源のモチーフは、ここに極まると言ってよいが、漱石を論じて作中の主人公はいささか腰が引け、「仮死の状態」とも見えるという。いささかきつい批判もまた、この大岡氏の深い問題意識に発するものとみることができよう。

いささか国の内外の状況がきなくさくなって来た現代にあって、漱石や大岡昇平の語る所は貴重な問いかけというべきであろう。〈戦後文学〉の概念をめぐっては、広くも狭くもとることができるが、やはり〈戦争〉そのものが何であったかという問いを抜きにして、すべてを語ることはできまい。福田恒存は先の文章のなかで、何故大岡は敵兵とは書かず、アメリカ兵と書くのかと問い、「大岡だけは『敵』と戦ったのではなく、汝の子らと戦ってゐたのか、アーメンと唱へざるを得ない」と述べている。若い兵士を射たなかったことで、これでアメリカの母親からは感謝されるであろうという作中の〈私〉の感慨にふれての発言だが、〈アーメン〉云々とは、いささか皮肉が過ぎよう。今日の世界の現状をめぐって、改めて我々の真の〈敵〉とは何かが問われねばなるまい。『レイテ戦記』におけるリモン峠の惨たる激闘を描きつつ、しかし「リモン峠で戦った第一師団の歩兵は、栗田艦隊の水兵と同じく、日本の歴史自身と戦っていたのである」という大岡氏の言葉が我々の胸を搏つゆえんを、いま我々は改めて問いなおしてみる必要があろう。

最後にひと言。半藤一利氏は、その『昭和史』の最後に「昭和史の二十年をふり返っての最大の教訓は、「第一に国民的熱狂をつくってはいけない。その国民的熱狂に流されてしまってはいけない。」「いったん燃え上がってしまうと熱狂そのものが権威をもちはじめ、不動のもののように人びとを引っ張ってゆき、流してゆく」。果てはそれが、〝魔性《ましょう》の歴史〟というべきものさえ生み出してゆくのだと述べているが、これはすでに漱石の語る所である。日露戦争直後の、あの国民的熱狂の昂まりに、あたかも水をぶっかけるごとく語ってみせたのが、『趣味の遺伝』一篇であったことは、すでに再言するまでもあるまい。時務の論ならぬ、真の文学の語る予言的言及の深さの何たるかに、我々はいま、改めて眼を向ける必要があろう。

あとがき

この講座論集ではここ数年、漱石、鷗外、芥川、太宰、遠藤、さらには宮沢賢治、中原中也など、個々の作家や詩人をとりあげて来た。このあたりで複数の作家をとりあげてみようということになり、戦後作家を論じることになった。そこで、『戦後文学を読む』ということになったわけだが、〈戦後文学〉とは何かと問われれば、これはまたなかなか厄介な問題である。

〈戦後文学〉については多くの論評がある。戦後文学とは、ひとくちでいえば「転向者または戦争傍観者の文学である」（吉本隆明）という批判もあれば、逆に「占領下の文学」（中村光夫）と言われるような限界を抱きながらも、なお「そこには与えられた〈自由〉を、獲得された〈自由〉に転化させようとする数多くの真剣な試みがあった」（佐々木基一）といった肯定論もある。また〈戦後文学〉は、いつ終ったかという問題に対しては、朝鮮戦争の始まった一九五〇年、あのあたりで終ったのではないかという指摘もあれば、いや、そもそも戦後文学をめぐる大半の論は、実は「〈戦後派〉文学であって、戦後文学論ではなかった」（佐伯彰一）という批判もある。つまり〈戦後文学〉とは何かという問いは、いまだ結着のつかぬ課題として遺されているということか。

いや、問題を問いつめれば、我々は戦後をどう解釈し、生きて来たか。作家たちはこれをどう問いつめ、追求して来たかという問題でもあろう。それを問えばきりもないが、この論集巻頭の桶谷氏の『敗戦文学論』と題した一文に、この課題に対する痛烈な問いがある。あえて〈敗戦文学〉という、その始まりの一点とは何か。敗戦を迎えたあの一瞬、我々国民の、あの言いがたい痛切な感慨、感触とは何であったか。それを問わずしては、何事もあるまいという。

これに続く栗坪氏の論もまた、我々の心を深く搏つものがある。悲痛な戦中、戦後の体験を語って、阿部公房の作品（『けものたちは故郷をめざす』）に至る。このあたりの論の運びは絶妙であり、改めて時代を問う〈文学〉の何たるかを我々に語りかけて来る。続く松原氏の論は、多年親炙して来た大江文学をとりあげ、多くの批判を受けたあの『個人的な体験』終末の、主人公の決断を「社会・倫理への『屈服』」ならぬ、「生命的エネルギー」ともいうべき、「豊かな熱い混沌」の所在を読みとり、そこに人間存在の初源の可能性を摑みとるべきではないかという。あえて言えば、『危機ののりこえ方』と題したこの大江論一篇はまた、この時代の衰退を我々がいかに超えうるかという、その可能性の一端を指し示すものでもあろう。

以上、ゲストとして迎えた執筆者の論に続いて、我々学内スタッフの論じた所もまたそれぞれに、最も関心あり、愛着のある作家、作品を論じたものだが、いずれも作品の背後にひそむ作家の視点を鋭くえぐりとった好論であり、そこに〈戦後文学〉の何たるかへの言及はないが、いずれも〈戦後〉をくぐった作家の眼の所在は、たしかに見届けられていると言ってよかろう。ここで最後にひと言いえば、戦中派のひとりとして生き残った私の胸に、「戦後に乗じた文学はいくらもあるが、敗戦の悲しみにおいて発想された文学はかぞえるほどしかない」と言う、桶谷氏の言葉は胸にしみる。

八月一五日、あの戦争終結の放送を聴いた直後の「一瞬の静寂」を河上徹太郎は、伊東静雄は、太宰は、いずれもそのエッセイに、日記に、小説（『トカトントン』）に書きとどめている。この初源の一点を忘れて、なんの〈戦後〉かと桶谷氏はくり返し問う。こうして〈戦後文学を読む〉とはまた、〈戦後社会〉の何たるかを問い続ける重い課題として、生き続けてゆくこととなろう。この論集一巻の意義もまた、そこにあると言っていい。

さて次回は、昨今の国の内外をめぐる〈文学〉交流の盛んな状況をにらんで、〈文学　海を渡る〉と題して、明春刊行の予定である。

二〇〇六年五月

佐藤　泰正

執筆者プロフィール

北川　透　（きたがわ・とおる）

1935年生。梅光学院大学教授。主要著書『中原中也の世界』（紀伊国屋書店）、『北村透谷・試論』（全三巻　冬樹社）、『詩神と宿命―小林秀雄論』（小沢書店）、『中野重治〈近代日本詩人選〉』『萩原朔太郎〈詩の原理〉論』『萩原朔太郎〈言語革命〉論』（以上三冊、筑摩書房）、『詩的レトリック入門』（思潮社）。

中野新治　（なかの・しんじ）

1947年生。梅光学院大学教授。著書『宮沢賢治・童話の読解』（翰林書房）、『透谷と近代日本』（翰林書房、共著）、『キリスト教文学を読む人のために』（世界思想社、共著）他

桶谷秀昭　（おけたに・ひであき）

1932年東京都生まれ。一橋大学社会学部卒業。東洋大学名誉教授・文藝評論家。『近代の奈落』（国文社）、『夏目漱石論』（河出書房）、『ドストエフスキイ』（河出書房）、『北村透谷』（筑摩書房）、『保田與重郎』（新潮社）、『二葉亭四迷と近代日本』（文藝春秋）、『昭和精神史』（文藝春秋）、『伊藤整』（新潮社）

栗坪良樹　（くりつぼ・よしき）

1940年、旧満州奉天（瀋陽）市生。青山学院女子短期大学教授。著書に『寺山修司論』（砂子屋書房）、『私を語れ、だが語るな』（本阿弥書店）、『ブックエンド』（彩流社）など。

松原新一　（まつばら・しんいち）

1940年生。久留米大学文学部教授。著書に『沈黙の思想』（講談社）、『大江健三郎の世界』（講談社）、『怠惰の逆説―広津和郎の人生と文学』（講談社）、『幻影のコンミューン』（創言社）など。

宮野光男　（みやの・みつお）

1936年生。『有島武郎の文学』（桜楓社）、『語りえぬものへのつぶやき・椎名麟三の文学』、『椎名麟三論・判らないものを求めて』（朝文社）、『有島武郎の詩と詩論』（朝文社）。

小林慎也　（こばやし・しんや）

1934年生。梅光学院大学教授、北九州森鷗外記念会理事、松本清張研究会理事。主要著書『森鷗外と北九州』（共著、北九州森鷗外記念会）、『小倉時代の松本清張』（朝日新聞西部本社連載企画）など。

戦後文学《せんごぶんがく》を読《よ》む

梅光学院大学公開講座論集　第55集

2007年6月20日　初版第1刷発行

佐藤泰正

1917年生。梅光学院大学教授。文学博士。著書に『日本近代詩とキリスト教』（新教出版社）、『文学　その内なる神』（おうふう）、『夏目漱石論』（筑摩書房）、『佐藤泰正著作集』全13巻（翰林書房）ほか。

編者

右澤康之

装幀

株式会社　シナノ

印刷／製本

有限会社　笠間書院

〒101-0064　東京都千代田区猿楽町2-2-3

Tel 03(3295)1331　Fax 03(3294)0996

発行所

ISBN　978-4-305-60256-5　C0395　NDC分類：914.6

佐藤泰正編　笠間ライブラリー❖梅光学院大学公開講座

1 文学における笑い

古代文学と笑い━山路平四郎　今昔物語集の笑い━宮田尚　芭蕉俳諧における「笑い」━復本一郎　「猫」の笑いとその背後にあるもの━佐藤泰正　椎名文学における〈笑い〉と〈ユーモア〉━宮野光男　天上の笑いと地獄の笑い━安森敏隆　中国古典に見る笑い━白木進　シェイクスピアと笑い━後藤武士　風刺と笑い━奥山康治　現代アメリカ文学におけるユダヤ人の歪んだ笑い━今井夏彦

60214-8
品　切

2 文学における故郷

民族の魂の故郷━国分直一　古代文学における故郷━岡田喜久男　源氏物語における望郷の歌━武原弘　近代芸術における故郷━磯田光一　近代詩と〈故郷〉━佐藤泰正　文学における故郷の問題━早川雅之　〈故郷〉への想像力━武田友寿　椎名文学における〈故郷〉━宮野光男　民族の中のことば━岡野信子　英語のふるさと━田中美輝夫

60215-6
1000円

3 文学における夢

先史古代人の夢━国分直一　夢よりもはかなき━森田兼吉　夢幻能に見る人間の運命━池田富蔵　「今昔物語集」の夢━高橋貢　伴善男の夢━宮田尚　〈夢〉━佐藤泰正　夢と文学━饗庭孝男　寺山修司における〈地獄〉の夢━安森敏隆　夢と幻視の原点━水田巌　エズラ・パウンドの夢の歌━佐藤幸夫　キャサリン・マンスフィールドと「子供の夢」━吉津成久

50189-9
品　切

4 日本人の表現

和歌における即物的表現と即心的表現━山路平四郎　王朝物語の色彩表現━伊原昭　「罪と罰」雑感━桶谷秀昭　漱石の表現技法と英文学━矢本貞幹　芥川の「手巾」に見られる日本人の表現━向山義彦　『文章読本』管見━常岡晃　九州弁の表現法━藤原与一　英語と日本語の表現構造━村田忠男　日本人の音楽における特性━中山敦

50190-2
1000円

ISBNは頭に978-4-305を付けご利用下さい。

佐藤泰正編　笠間ライブラリー❖梅光学院大学公開講座

5 文学における宗教

旧約聖書における文学と宗教■関根正雄　キリスト教と文学の接点■大塚野百合　エミリー・ブロンテの信仰■宮川下枝　セアラの愛■宮野祥子　ヘミングウェイと聖書的人間像■樋口日出雄　ジョルジュ・ベルナース論■上総英郎　ポール・クローデルのみた日本の心■石進　『風立ちぬ』の世界■佐藤泰正　椎名麟三とキリスト教■宮野光男　塚本邦雄における〈神〉の位相■安森敏隆

50191-0
1000円

6 文学における時間

先史古代社会における時間■国分直一　古代文学における時間■岡田喜久男　漱石における時間■佐藤泰正　戦後小説の時間■利沢行夫　椎名文学における〈時間〉■宮野光男　文学における瞬間と持続■山形和美　十九世紀イギリス文学における「時間」■藤田清次　英語時制の問題点■加島康司　ヨハネ福音書における「時」■峠口新

50192-9
1000円

7 文学における自然

源氏物語の自然■武原弘　源俊頼の自然詠について■関根慶子　透谷における「自然」■平岡敏夫　漱石における〈自然〉■佐藤泰正　中国文学に於ける自然観■今浜通隆　ワーズワス・自然・パストラル■野中涼　アメリカ文学と自然■東山正芳　ヨーロッパ近代演劇と自然主義■徳永哲　イプセン作「テーリエ・ヴィーゲン」の海■中村都史子

50193-7
1000円

8 文学における風俗

倭人の風俗■国分直一　『今昔物語集』の受領たち■宮田尚　浮世草子と風俗■渡辺憲司　椎名文学における〈風俗〉■宮野光男　藤村と芥川の風俗意識に見られる近代日本文学の歩み■向山義彦　文学の「場」としての風俗■磯田光一　現代アメリカ文学における風俗■今井夏彦　風俗への挨拶■新谷敬三郎　哲学と昔話■荒木正見　ことばと風俗■村田忠男

50194-5
1000円

ISBNは頭に978-4-305を付けご利用下さい。

9 文学における空間

魏志倭人伝の方位観▌国分直一　はるかな空間への憧憬と詠歌▌岩崎禮太郎　漱石における空間―序説▌佐藤泰正　文学空間としての北海道▌小笠原克　文学における空間▌矢本貞幹　ヨーロッパ近代以降の戯曲空間と「生」▌徳永哲　W・B・イエイツの幻視空間▌星野徹　言語における空間▌岡野信子　ボルノーの空間論▌森田美千代　聖書の解釈について▌岡山好江

50195-3
1000円

10 方法としての詩歌

源氏物語の和歌について▌武原弘　近代短歌の方法意識▌前田透　方法としての近代歌集▌佐佐木幸綱　宮沢賢治―その挽歌をどう読むか▌佐藤泰正　詩の構造分析▌関根英二　『水葬物語』論▌安森敏隆　私の方法▌谷川俊太郎　シェイクスピアと詩▌後藤武士　方法としての詩―W・C・ウィリアムズの作品に即して▌徳永暢三　日英比較詩法▌樋口日出雄　北欧の四季の歌▌中村都史子

50196-1
1000円

11 語りとは何か

「語り」の内面▌武田勝彦　異常な語り▌荒木正見　『谷の影』における素材と語り▌徳永哲　ヘミングウェイと語り▌樋口日出雄　『フンボルトの贈物』▌今石正人　『古事記』における物語と歌謡▌岡田喜久男　語りとは何か▌藤井貞和　日記文学における語りの性格▌森田兼吉　〈語り〉の転移▌佐藤泰正

50197-×
1000円

12 ことばの諸相

ロブ・グリエ「浜辺」から▌関根英二　俳句・短歌・詩における〈私〉の問題▌北川透　イディオットの言語▌赤祖父哲二　『源氏物語』の英訳をめぐって▌井上英明　ボルノーの言語論▌森田美千代　英文法▌加島康司　英語変形文法入門▌本橋辰至　「比較級＋than 構造」と否定副詞▌福島一人　現時点でみる国内国外における日本語教育の種々相▌白木進　仮名と漢字▌平井秀文

50198-8
1100円

ISBN は頭に978-4-305を付けご利用下さい。

佐藤泰正編　笠間ライブラリー❖梅光学院大学公開講座

17 日記と文学

『かげろうの日記』の拓いたもの━森田兼吉　『紫式部日記』論予備考説━武原弘　建保期の定家と明月記━岩崎禮太郎　二世市川団十郎日記抄の周辺━渡辺憲司　傍観者の日記・作品の中の傍観者━中野新治　一葉日記の文芸性━村松定孝　作家と日記━宮野光男　日記の文学と文学の日記━中野記偉　『自伝』にみられるフレーベルの教育思想━吉岡正宏

60218-0
1000円

18 文学における旅

救済史の歴史を歩んだひとびと━岡山好江　天都への旅━山本俊樹　ホーソンの作品における旅の考察━長岡政憲　アラン島の生活とシング━徳永哲　海上の道と神功伝説━国分直一　万葉集における旅━岡田喜久男　〈旅といのち〉の文学━岩崎禮太郎　同行二人━白石悌三　『日本言語地図』から20年━岡野信子

60219-9
1000円

19 事実と虚構

『遺物』における虚像と実像━木下尚子　鹿谷事件の〈虚〉と〈実〉━宮田尚　車内空間と近代小説━剣持武彦　斎藤茂吉における事実と虚構━安森敏隆　太宰治━長篠康一郎　竹内敏晴における事実と虚構━森田美千代　遊戯論における現実と非現実の世界━吉岡正宏　テニスン『イン・メモリアム』考━渡辺美智子　シャーウッド・アンダスンの文学における事実と虚構━小園敏幸

60220-2
1000円

20 文学における子ども

子ども―「大人の父」―━向山淳子　児童英語教育への効果的指導━伊佐雅子　『源氏物語』のなかの子ども━武原弘　芥川の小説と童話━浜野卓也　近代詩のなかの子ども━佐藤泰正　外なる子ども　内なる子ども━いぬいとみこ　「内なる子ども」の変容をめぐって━高橋久子　象徴としてのこども━荒木正見　子どもと性教育━古澤暁　自然主義的教育論における子ども観━吉岡正宏

60221-0
1000円

ISBNは頭に978-4-305を付けご利用下さい。

佐藤泰正編　笠間ライブラリー❖梅光学院大学公開講座

21

文学における家族

平安日記文学に描かれた家族のきずな▌森田兼吉　家族の発生▌山田有策　塚本邦雄における〈家族〉の位相▌安森敏隆　中絶論▌芹沢俊介　「家族」の脱構築▌吉津成久　清貧の家族▌向山淳子　家庭教育の人間学的考察▌広岡義之　日米の映画にみる家族▌樋口日出雄

60222-9
1000円

22

文学における都市

欧米近代戯曲と都市生活▌徳永哲　都市とユダヤの「隙間」▌今井夏彦　ボルノーの「空間論」についての一考察▌広岡義之　民俗における都市と村落▌国分直一　〈都市〉と「根の介」前後▌渡辺憲司　百閒と漱石――反＝三四郎の東京▌西成彦　都市の中の身体　身体の中の都市▌小森陽一　宮沢賢治における「東京」▌中野新治　都市の生活とスポーツ▌安冨俊雄

60223-7
1000円

23

方法としての戯曲

『古事記』における演劇的なものについて▌岡田喜久男　方法としての戯曲▌松崎仁　椎名麟三戯曲「自由の彼方で」における〈神の声〉▌宮野光男　方法としての戯曲▌高堂要　欧米近代戯曲における「神の死」の諸相▌徳永哲　戯曲とオペラ▌原口すま子　島村抱月とイプセン▌中村都史子　ボルノーにおける「役割からの解放」概念について▌広岡義之　〈方法としての戯曲〉とは▌佐藤泰正

60224-5
1000円

24

文学における風土

ホーソーンの短編とニューイングランドの風土▌長岡政憲　ミシシッピー川の風土とマーク・トウェイン▌向山淳子　現代欧米戯曲にみる現代的精神風土▌徳永哲　神聖ローマの残影▌栗田廣美　豊国と常陸国▌国分直一　『今昔物語集』の〈九州〉▌宮田尚　賢治童話と東北の自然▌中野新治　福永武彦における「風土」▌曽根博義　『日本言語地図』上に見る福岡県域の方言状況▌岡野信子　スポーツの風土▌安冨俊雄

60225-3
1000円

ISBNは頭に978-4-305を付けご利用下さい。

佐藤泰正編　笠間ライブラリー❖梅光学院大学公開講座

25

「源氏物語」を読む

源氏物語の人間■目加田さくを　「もののまぎれ」の内容■今井源衛　『源氏物語』における色のモチーフ■伊原昭　光源氏はなぜ絵日記を書いたか■森田兼吉　弘徽殿大后試論■田坂憲二　末期の眼■武原弘　源氏物語をふまえた和歌■岩崎禮太郎　光源氏の生いたちについて■井上英明　『源氏物語』の中国語訳をめぐる諸問題■林水福　〈読む〉ということ■佐藤泰正

60226-1
品　切

26

文学における二十代

劇作家シングの二十歳■徳永哲　エグサイルとしての二十代■吉津成久　アメリカ文学と青年像■樋口日出雄　儒者・文人をめざす平安中期の青年群像■今浜通隆　維盛の栄光と挫折■宮田尚　イニシエーションの街―「三四郎」■石原千秋　「青春」という仮構■紅野謙介　二十代をライフサイクルのなかで考える■古澤暁　文学における明治二十年代■佐藤泰正

60277-×
1000円

27

文体とは何か

文体まで■月村敏行　新古今歌人の歌の凝縮的表現■岩崎禮太郎　大田南畝の文体意識■久保田啓一　太宰治の文体―「富嶽百景」再攷■鶴谷憲三　表現の抽象レベル■野中涼　語彙から見た文体■福島一人　新聞及び雑誌英語の文体に関する一考察■原田一男　〈海篇〉に散見される特殊な義注文体■遠藤由里子　漱石の文体■佐藤泰正

60228-8
品　切

28

フェミニズムあるいはフェミニズム以後

近代日本文学のなかのマリアたち■宮野光男　「ゆき女きき書」成立考■井上洋子　シェイクスピアとフェミニズム■朱雀成子　フランス文学におけるフェミニズムの諸相■常岡晃　女性の現象学■広岡義之　フェミニスト批判に対して■富山太佳夫　言語運用と性■松尾文子　アメリカにおけるフェミニズムあるいはフェミニスト神学■森田美千代　山の彼方にも世界はあるのだろうか■中村都史子　スポーツとフェミニズム■安富俊雄　近代文学とフェミニズム■佐藤泰正

60229-6
1000円

ISBN は頭に978- 4 -305を付けご利用下さい。

佐藤泰正編　笠間ライブラリー❖梅光学院大学公開講座

29 文学における手紙

手紙に見るカントの哲学▍黒田敏夫　ブロンテ姉妹と手紙▍宮川下枝　シングの孤独とモリーへの手紙▍徳永哲　苦悩の手紙▍今井夏彦　平安女流日記文学と手紙▍森田兼吉　『今昔物語集』の手紙▍宮田尚　書簡という解放区▍金井景子　塵の世・仙境・狂気▍中島国彦　「郵便脚夫」としての賢治▍中野新治　漱石―その〈方法としての書簡〉▍佐藤泰正

60230-×
1000円

30 文学における老い

古代文学の中の「老い」▍岡田喜久男　「楢山節考」の世界▍鶴谷憲三　限界状況としての老い▍佐古純一郎　聖書における老い▍峠口　新　老いゆけよ我と共に―R・ブラウニングの世界▍向山淳子　アメリカ文学と〝老い〟▍大橋健三郎　シャーウッド・アンダスンの文学におけるグロテスクと老い▍小園敏幸　ヘミングウェイと老人▍樋口日出雄　「老い」をライフサイクルのなかで考える▍古澤　暁　〈文学における老い〉とは▍佐藤泰正

60231-8
1000円

31 文学における狂気

預言と狂気のはざま▍松浦義夫　シェイクスピアにおける狂気▍朱雀成子　近代非合理主義運動の功罪▍広岡義之　G・グリーン『おとなしいアメリカ人』を読む▍宮野祥子　狂気と江戸時代演劇▍松崎仁　北村透谷―「疎狂」の人▍藪禎子　萩原朔太郎の「殺人事件」▍北川透　狂人の手記▍木股知史　森内俊雄文学のなかの〈狂気の女〉▍宮野光男　〈文学における狂気〉とは▍佐藤泰正

60232-6
1000円

32 文学における変身

言語における変身▍古川武史　源氏物語における人物像変貌の問題▍武原弘　ドラマの不在・変身▍中野新治　変身、物語の母型―漱石『こゝろ』管見―▍浅野洋　唐代伝奇に見える変身譚―▍増子和男　神の巫女―谷崎潤一郎〈サイクル〉の変身―▍清水良典　メタファーとしての変身―▍北川透　イエスの変貌と悪霊に取りつかれた子の癒し―▍森田美千代　〈文学における変身〉とは▍佐藤泰正　トウェインにおける変身、或いは入れ替わりの物語▍堤千佳子

60233-4
1000円

ISBNは頭に978-4-305を付けご利用下さい。

佐藤泰正編　笠間ライブラリー❖梅光学院大学公開講座

33　シェイクスピアを読む

多義的な〈真実〉■鶴谷憲三　『オセロー』―女たちの表象■朱雀成子　昼の闇に飛翔する〈せりふ〉■徳永哲　シェイクスピアと諺■向山淳子　ジョイスのなかのシェイクスピア■吉津成久　シェイクスピアを社会言語学的視点から読む■高路善章　シェイクスピアの贋作■大場建治　シェイクスピア劇における特殊と普遍■柴田稔彦　精神史の中のオセロウ■藤田実　漱石とシェイクスピア■佐藤泰正

60234-2
1000円

34　表現のなかの女性像

「小町変相」論■須浪敏子　〈男〉の描写から〈女〉を読む■森田兼吉　シャーウッド・アンダスンの女性観■小園敏幸　矢代静一「泉」を読む■宮野光男　和学者の妻たち■久保田啓一　文読む女・物縫う女■中村都史子　運動競技と女性のミステリー■安冨俊雄　マルコ福音書の女性たち■森田美千代　漱石の描いた女性たち■佐藤泰正

60235-0
1000円

35　文学における仮面

文体という仮面■服部康喜　変装と仮面■石割透　キリスト教におけるペルソナ（仮面）■松浦義夫　ギリシャ劇の仮面から現代劇の仮面へ■徳永哲　ボルノーにおける「希望」の教育学■広岡義之　ブラウニングにおけるギリシャ悲劇〈仮面劇〉の受容■松浦美智子　見えざる仮面■松崎仁　〈仮面〉の犯罪■北川透　〈文学における仮面〉とは■佐藤泰正　テニソンの仮面■向山淳子

60236-9
1000円

36　ドストエフスキーを読む

ドストエフスキー文学の魅力■木下豊房　光と闇の二連画■清水孝純　ロシア問題■新谷敬三郎　萩原朔太郎とドストエフスキー■北川透　ドストエフスキーにおけるキリスト理解■松浦義夫　「罪と罰」におけるニヒリズムの超克■黒田敏夫　『地下室の手記』を読む■徳永哲　太宰治における〈ドストエフスキー〉■鶴谷憲三　呟きは道化の祈り■宮野光男　ドストエフスキイと近代日本の作家■佐藤泰正

60237-7
1000円

ISBNは頭に978-4-305を付けご利用下さい。

佐藤泰正編　笠間ライブラリー❖梅光学院大学公開講座

37
文学における道化

受苦としての道化▆柴田勝二　笑劇（ファルス）の季節、あるいは蛸博士の二重身▆花田俊典　〈道化〉という仮面▆鶴谷憲三　道化と祝祭▆安冨俊雄　『源氏物語』における道化▆武原弘　濫行の僧たち▆宮田尚　近代劇、現代劇における道化▆徳永哲　シェイクスピアの道化▆朱雀成子　ブラウニングの道化役▆向山淳子　〈文学における道化〉とは▆佐藤泰正

60238-5
1000円

38
文学における死生観

斎藤茂吉の死生観▆安森敏隆　平家物語の死生観▆松尾葦江　キリスト教における死生観▆松浦義夫　ケルトの死生観▆吉津成久　ヨーロッパ近・現代劇における死生観▆徳永哲　教育人間学が問う「死」の意味▆広岡義之　「死神」談義▆増子和男　宮沢賢治の生と死▆中野新治　〈文学における死生観〉とは▆佐藤泰正　ブライアントとブラウニング▆向山淳子

60239-3
1000円

39
文学における悪

カトリック文学における悪の問題▆富岡幸一郎　エミリ・ブロンテと悪▆斎藤和明　電脳空間と悪▆樋口日出雄　悪魔と魔女と妖精と▆樋口紀子　近世演劇に見る悪の姿▆松崎仁　『今昔物語集』の悪行と悪業▆宮田尚　『古事記』に見る「悪」▆岡田喜久男　〈文学における悪〉とは—あとがきに代えて—▆佐藤泰正　ブラウニングの悪の概念▆向山淳子

60240-7
1000円

40
「こころ」から「ことば」へ「ことば」から「こころ」へ

〈道具〉扱いか〈場所〉扱いか▆中右実　あいさつ対話の構造・特性とあいさつことばの意味作用▆岡野信子　人間関係の距離認知とことば▆高路善章　外国語学習へのヒント▆吉井誠　伝言ゲームに起こる音声的な変化について▆有元光彦　話法で何が伝えられるか▆松尾文子　〈ケルトのこころ〉が囁く▆吉津成久　文脈的多義と認知的多義▆国広哲弥　〈ことばの音楽〉をめぐって▆北川透　言葉の逆説性をめぐって▆佐藤泰正

60241-3
1000円

ISBNは頭に978-4-305を付けご利用下さい。

佐藤泰正編　笠間ライブラリー❖梅光学院大学公開講座

41 異文化との遭遇

〈下層〉という光景▮出原隆俊　横光利一とドストエフスキーをめぐって▮小田桐弘子　説話でたどる仏教東漸▮宮田尚　キリスト教と異文化▮松浦義夫　ラフカディオ・ハーンから小泉八雲へ▮吉津成久　アイルランドに渡った「能」▮徳永哲　北村透谷とハムレット▮北川透　国際理解と相克▮堤千佳子　〈異文化との遭遇〉とは▮佐藤泰正　Englishness of English Haiku and Japaneseness of Japanese Haiku▮湯浅信之

60242-3
1000 円

42 癒しとしての文学

イギリス文学と癒しの主題▮斎藤和明　癒しは、どこにあるか▮宮川健郎　トマス・ピンチョンにみる癒し▮樋口日出雄　魂の癒しとしての贖罪▮松浦義夫　文学における癒し▮宮野光男　読書療法をめぐる十五の質問に答えて▮村中李衣　宗教と哲学における魂の癒し▮黒田敏夫　ブラウニングの詩に見られる癒し▮松浦美智子　『人生の親戚』を読む▮鶴谷憲三　〈癒しとしての文学〉とは▮佐藤泰正

60243-1
1000 円

43 文学における表層と深層

『風立ちぬ』の修辞と文体▮石井和夫　遠藤周作『深い河』の主題と方法▮笠井秋生　宮沢賢治における「超越」と「着地」▮中野新治　福音伝承における表層と深層▮松浦義夫　ジャガ芋大飢饉のアイルランド▮徳永哲　V・E・フランクルにおける「実存分析」についての一考察▮広岡義之　G・グリーン『キホーテ神父』を読む▮宮野祥子　〈文学における表層と深層〉とは▮佐藤泰正　言語構造における深層と表層▮古川武史

60244-X
1000 円

44 文学における性と家族

「ウチ」と「ソト」の間で▮重松恵子　〈流浪する狂女〉と〈二階の叔父さん〉▮関谷由美子　庶民家庭における一家団欒の原風景▮佐野茂　近世小説における「性」と「家族」▮倉本昭　『聖書』における「家族」と「性」▮松浦義夫　『ハムレット』を読み直す▮朱雀成子　ノラの家出と家族問題▮徳永哲　『ユリシーズ』における「寝取られ亭主」の心理▮吉津成久　シャーウッド・アンダスンの求めた性と家族▮小園敏幸　〈文学における性と家族〉とは▮佐藤泰正

60245-8
1000 円

ISBN は頭に978- 4 -305を付けご利用下さい。

45 太宰治を読む

太宰治と井伏鱒二■相馬正一　太宰治と旧制弘前高等学校■鶴谷憲三　『新釈諸国噺』の裏側■宮田　尚　花なき薔薇■北川透　『人間失格』再読■佐藤泰正　「外国人」としての主人公の位置について■村瀬　学　太宰治を読む■宮野光男　戦時下の太宰・一面■佐藤泰正

60246-6
1000 円

46 鷗外を読む

「鷗外から司馬遼太郎まで」■山崎正和　鷗外の『仮名遣意見』について■竹盛天雄　森鷗外の翻譯文學■小堀桂一郎　森鷗外における「名」と「物」■中野新治　小倉時代の森鷗外■小林慎也　多面鏡としての〈戦争詩〉■北川　透　鷗外と漱石■佐藤泰正

60247-4
1000 円

47 文学における迷宮

『新約聖書』最大の迷宮■松浦義夫　源氏物語における迷宮■武原　弘　富士の人穴信仰と黄表紙■倉本　昭　思惟と存在の迷路■黒田敏夫　「愛と生の迷宮」■松浦美智子　死の迷宮の中へ■徳永　哲　アメリカ文学に見る「迷宮」の様相■大橋健三郎　アップダイクの迷宮的世界■樋口日出雄　パラノイアック・ミステリー■中村三春　〈文学における迷宮〉とは■佐藤泰正

60248-2
1000 円

48 漱石を読む

漱石随想■古井由吉　漱石における東西の葛藤■湯浅信之　「坊っちゃん」を読む■宮野光男　漱石と朝日新聞■小林慎也　人情の復活■石井和夫　強いられた近代人■中野新治　〈迷羊〉の彷徨■北川　透　「整つた頭」と「乱れた心」■田中　実　『明暗』における下位主題群の考察（その二）■石崎　等　〈漱石を読む〉とは■佐藤泰正

60249-0
1000 円

49 戦争と文学

戦争と歌人たち■篠　弘　二つの戦後■加藤典洋　フランクルの『夜と霧』を読み解く■広岡義之　〈国民詩〉という罠■北川　透　後日談としての戦争■樋口日出雄　マーキェヴィッツ伯爵夫人とイェイツの詩■徳永　哲　返忠（かえりちゅう）■宮田　尚　『新約聖書』における聖戦■松浦義夫　戦争文学としての『趣味の遺伝』■佐藤泰正

60250-4
1000 円

ISBN は頭に978- 4 -305を付けご利用下さい。

佐藤泰正編　笠間ライブラリー❖梅光学院大学公開講座

50 宮沢賢治を読む

詩人、詩篇、そしてデモン■天沢退二郎　イーハトーヴの光と風■松田司郎　宮沢賢治における「芸術」と「実行」■中野新治　賢治童話の文体-その問いかけるもの■佐藤泰正　宮沢賢治と中原中也■北川透　宮沢賢治のドラゴンボール■秋枝美保「幽霊の複合体」をめぐって■原子朗「銀河鉄道の夜」■山根知子「風の又三郎」異聞■宮野光男

60251-2
1000 円

51 芥川龍之介を読む

海老井英次■「羅生門」の読み難さ　宮坂覺■「杜子春」論　関口安義■「玄鶴山房」を読む　中野新治■「蜘蛛の糸」あるいは「温室」という装置　北川透■文明開化の花火　宮野光男■芥川龍之介「南京の基督」を読む　宮田尚■芥川龍之介と『今昔物語集』との出会い　向山義彦■日本英文学の「独立宣言」と、漱石-芥川の伝統路線に見える近代日本文学の運命　松本常彦■芥川龍之介と弱者の問題　佐藤泰正■芥川—その〈最終章〉の問いかけるもの

60252-0
1000 円

52 遠藤周作を読む

木崎さと子■神学と小説の間　遠藤順子■夫・遠藤周作と過ごした日々　加藤宗哉■おどけと哀しみと—人生の天秤棒　山根道公■遠藤周作と井上洋治　高橋千劔破■遠藤周作における心の故郷と歴史小説　笠井秋生■「わたしが・棄てた・女」について　小林慎也■虚構と事実の間　宮野光男■遠藤周作「深い河」を読む　佐藤泰正■遠藤文学の受けついだもの

60253-9
1000 円

53 俳諧から俳句へ

俳諧から俳句へ■坪内稔典　マンガ『奥の細道』■堀切実　戦後俳句の十数年■阿部誠文　インターネットで連歌を試みて■湯浅信之　花鳥風月と俳句■小林慎也　菊舎尼の和漢古典受容■倉本昭　鶏頭の句の分からなさ■北川透　芭蕉・蕪村と近代文学■佐藤泰正

60254-7
1000 円

54 中原中也を読む

『全集』という生きもの■佐々木幹郎　中原中也とランボー■宇佐美斉　山口と中也■福田百合子　亡き人との対話—宮沢賢治と中原中也■中原豊　《『無』の軌道》を内包する文学—中原中也と太宰治の出会い—■北川透　中原中也　あるいは　魂の労働者■中野新治　ゆらゆれる「ゆあーん　ゆよーん」—中原中也「サーカス」の改稿と行の字下げをめぐって—■加藤邦彦　中原中也をどう読むか—その〈宗教性〉の意味を問いつつ—■佐藤泰正

60255-5
1000 円

ISBNは頭に978-4-305を付けご利用下さい。